AF277312

Todos los libros de Linkgua Ediciones cuentan con modelos de Inteligencia Artificial entrenados por hispanistas. Pregúntale al chat de tu libro lo que desees acerca de la obra o su autor/a.

Para **ebooks**: Accede a nuestro modelo de IA a través de un enlace.

Para **libros impresos**: Escanea el código QR de la portada con tu dispositivo móvil.

Obtén análisis detallados de nuestros libros, resúmenes, respuestas a tus preguntas y accede a nuestras ediciones críticas generativas para una experiencia de lectura más enriquecedora.
La transparencia y el respeto hacia la autoría de las fuentes utilizadas son distintivos básicos de nuestro proyecto. Por ello, las respuestas ofrecen, mediante un sistema de citas, las fuentes con las que han sido elaboradas.

José María Blanco White

Luisa de Bustamante

o La huérfana española en Inglaterra

Barcelona 2025
Linkgua-ediciones.com

Créditos

Título original: Luisa de Bustamante.

© 2025, Red ediciones S.L.

e-mail: info@linkgua.com

Diseño de cubierta: Michel Mallard.

ISBN rústica ilustrada: 978-84-9897-371-6.
ISBN tapa dura: 978-84-1126-014-5.
ISBN ebook: 978-84-9897-865-0.

Cualquier forma de reproducción, distribución, comunicación pública o transformación de esta obra solo puede ser realizada con la autorización de sus titulares, salvo excepción prevista por la ley. Diríjase a CEDRO (Centro Español de Derechos Reprográficos, www.cedro.org) si necesita fotocopiar, escanear o hacer copias digitales de algún fragmento de esta obra.

Sumario

Brevísima presentación

La vida
José María Blanco White (1775-1841). España.
Nació en Sevilla en 1775. Hijo del vicecónsul inglés Guillermo White. Fue canónico magistral en Cádiz y Sevilla y formó parte de la Academia de Letras Humanas (1793-1802). Tras una crisis espiritual marchó a Madrid, en donde trabajó en la Comisión de Literatos del Instituto Pestalozziano y luchó contra los franceses durante la ocupación.

Su ideología liberal le llevó a discrepar con la Junta Central; marchándose de España rumbo a Inglaterra en 1810, allí reinició sus estudios de inglés, su segunda lengua, y del griego. Fue profesor de la Universidad de Oxford y escribió crítica literaria en inglés y español publicada en Variedades o El Mensajero de Londres (1823-1825) publicación financiada por Rudolph Ackermann.

Murió en 1841 en Liverpool, Inglaterra.

Luisa Bustamante

Bien quisiera yo, amigos lectores españoles, tener la pluma de Cervantes para con ella ganar vuestra benevolencia en favor de la narración que me propongo escribir. Pero, aunque el mismo suelo y cielo vieron nacer al célebre ingenio que ha sido y será por siglos la admiración de Europa y al oscuro individuo que esto escribe, la naturaleza dotó al uno con sus mejores dones y dejó al otro, si no desheredado enteramente, a lo más con un corto patrimonio en la república de las letras. Añádase a esto una ausencia de treinta años que casi lo han hecho extranjero en su patria, y no será difícil conjeturar con qué poca confianza emprende, enfermo y casi moribundo, la composición de una obra en español.

Pronto, me temo, vendrán muchos a preguntarme: ¿por qué la emprendes? A esta pregunta responderé diciendo que la naturaleza es más poderosa que la costumbre y que es ley bien conocida de la condición humana que, a medida que envejecemos, se rejuvenecen las impresiones de la niñez y de los verdes años. Nada, paisanos míos: me empecé a convencer, algunos años ha, que había entrado dentro de los términos de la vejez con el perpetuo revivir que noté en mí de imágenes y memorias españolas. Hasta mis sueños, que por muchos años habían sido, por decirlo así, en mi lengua adoptiva, comenzaron a mezclar con el otro idioma el castellano. Desde entonces he sentido un vivo deseo de probar si el cielo me concedería, en el corto espacio que me puede quedar de vida, la satisfacción de dejar siquiera una obrita a España en que sus hijos hallasen tal cual entretenimiento unido con algún provecho.

Es muy probable que mi última hora me hubiera cogido en medio de estos vagos deseos a no ser por la voz de triunfo que desde los Pirineos vino no ha mucho a despertarme de mi entorpecimiento. Pero apenas oí que el representante de la tiranía, la superstición y la ignorancia había dejado de anublar la atmósfera española con su presencia, cuando el amor de mi suelo nativo se desplegó a la luz de la esperanza, como ciertas flores abren su seno al primer albor del día. La luz de la esperanza, diré, mas no mía. No; el sepulcro está casi cerrado sobre mí, y, aunque no lo estuviere, aunque me hallara en el vigor de mi vida, España no me recibiría sino con condiciones. No diré más. Basta que la esperanza de libertad aparece cada día más y más gloriosa sobre el horizonte español. Esto es suficiente para animarse a las puertas mismas de la muerte. El deseo de hablar por última vez a los españoles parece rebosarme en el pecho. Vedme, pues, aquí cediendo a una especie de inspiración que, si no es delirio, espero me sostendrá en esta, para mí, no pequeña empresa. Mi intento es éste.

La historia de una joven emigrada en Inglaterra, vengan de donde vinieren las noticias de los acontecimientos que han de relatarse, sea cual fuere el verdadero nombre de la heroína, no puede menos de interesar a los españoles que, más dichosos que ella, han podido, durante las tempestades políticas de su patria, quedarse al abrigo de sus hogares. La condición del emigrado, aun en las circunstancias más favorables, es siempre tristísima; cuánto más las de las infelices mujeres, dejadas a la compasión de los extranjeros. Es cierto que no hay nación en el mundo más pronta a socorrer a los infelices que Inglaterra, pero ¿cómo puede la caridad más sincera aliviar las heridas que el corazón recibe en tales calamidades? ¿Cómo puede un corazón hablar a otro en una lengua extraña? Los alivios pecuniarios, escasos a proporción del número de los necesitados, son inevitablemente insuficientes para el acomodo exterior de los fugitivos; ¡cuánto más lo serán para las necesidades del alma, la necesidad de confianza, de sociedad doméstica, de amor sincero! El más ilustre sabio de la Grecia alegó a sus amigos que le ofrecían salvarlo de la muerte, a que una atroz justicia lo había condenado, que prefería morir al prolongado dolor de oírse llamar extranjero todo el resto de su vida; y esto no obstante que el lugar de su refugio distaba muy pocas leguas de Atenas, su patria, no obstante que en él se hablaba con poquísima diferencia la misma lengua. Si este mal fue bastante a aterrorizar a un Sócrates, ¡con cuánta violencia se hará sentir en el alma de una pobre mujer que nunca imaginó tener que alejarse fuera de la sombra de la ciudad o pueblo que la vio nacer! Pero dejemos generalidades. Si no me faltaren enteramente las fuerzas del ingenio, todo esto se verá con más viveza en mi cuento histórico.

Solo me queda que advertir que, si con los acontecimientos se hallasen mezclados algunas reflexiones que parezcan invectivas contra alguna clase y, mucho más, contra una nación entera, no se deberán tomar en ese sentido. Pasajes de este género no tendrán en mi escrito otro objeto que el de manifestar cómo ciertas circunstancias pervierten a las personas que tal vez se hallan especialmente favorecidas de la fortuna y de quienes se podrían esperar los más preciosos frutos de la virtud. La experiencia de una larga vida me ha convencido de que ni el mal ni el bien se encuentran puros en este mundo. No hay nación tan degradada que no pueda presentar virtudes que le son propias; no hay clase tan pervertida en que no se encuentren individuos dignos de respeto.

Lejos, lejos de mí las pasiones nacionales que se fundan en el orgullo individual, el orgullo que a poca o ninguna costa se celebra a sí mismo con achaque de exaltar la nación a que el panegirista pertenece. Yo infiero que vendrá el día cuando, sin romper los lazos nacionales que hacen a los hombres capaces de gobierno y sin el cual los hombres tendrían poca más unión que los granos de un montón de arena, las varias nacionalidades se respetarán mutuamente, sirviendo de lazos fraternales no de alaridos y armadas hostiles. Después de siglos de guerras encarnizadas entre la Inglaterra y la Francia, el saber y la civilización y, más que todo, el descrecimiento del fanatismo religioso han hecho desaparecer de estas dos grandes naciones la rivalidad personal y el odio y rencor de hombre a hombre. Aun en el país amable y desdichado de Irlanda, en que por desgracia las pasiones religiosas se alimentan de los intereses políticos, aun en Irlanda se suavizan de día en día los furores de partido, y pronto se extinguirían del todo si no fuese por la ambición y el orgullo de los protestantes, que están acostumbrados a mirar a los naturales católicos como una clase de idiotas.

La actividad con que los españoles han cultivado las ciencias y la literatura, aun cuando una guerra cruel devastaba una gran parte de la Península, asegura el aumento de la civilización bajo el dominio de la paz interna y externa que el cielo parece ya inclinado a concederle. Quiera el Dios de paz preservarla en España; pueda la luz de la razón, don supremo de la divina inteligencia, penetrar las almas de los españoles haciéndoles ver que en la unión consiste la fuerza moral que la libertad recién plantada requiere para echar raíces. Acuérdense, sobre todo, de que la verdadera libertad procede del interior del hombre, y que nada meramente exterior puede dársela. Cultiven la inteligencia y no teman la pérdida de la libertad política.

Mas, no sea que el lector empiece a recelar que mi intento es escribir declamaciones, emprenderé mi historia sin más tardanza.

Capítulo I

Nadie, a quien la naturaleza no haya negado enteramente la facultad de observar, puede pasar un mes en Londres sin advertir la gran diferencia que hay entre el caminar hacia el oriente y hacia el poniente de aquella ciudad inmensa. Tres o cuatro millas en la una y la otra dirección bastan para trasladar al extranjero, no tanto de una ciudad a otra, cuando de un mundo a otro. Si, tomando la gran catedral de San Pablo por punto central, nos dirigimos al término occidental (*West End*), a cada paso se nos presentan edificios, no diré más grandiosos que algunos de la ciudad de Londres propiamente así llamada, mas que respiran gusto, que anuncian en su interior los placeres de la civilización y de una riqueza no expuesta a vicisitudes. Aun las casas de los particulares y de la clase inferior mediana muestran más quietud y más limpieza. Si seguimos en la misma dirección hasta lo que llaman la Campaña (*The Country*), bien que tenga muy poco derecho a tal nombre, pronto nos hallaremos respirando un aire más puro, gozando de una luz más libre, y, en medio del incesante bullicio, que ni en los caminos reales se disminuye sino a distancia de algunas leguas, no podremos menos de gozar de algún reposo. Las varias villas, que se unen unas con otras formando una anchísima calle, se componen de casas limpias, ventiladas y cómodas, hallándose entre ellas no raras veces habitaciones que son verdaderamente palacios.

Muy al contrario sucede en los caminos que se extienden al Este y Nordeste y en las calles que desembocan en ellos. Al oriente de San Pablo, el bullicio del comercio, que empieza a sentirse mucho antes, se aumenta con tal fuerza que los que se hallan débiles o no están acostumbrados no podrán evitar sus malos efectos. A poco de haber empezado el camino, el cansancio se apodera de los miembros y el cuerpo titubea de modo que podría temerse caería a tierra si la multitud dejase espacio abierto para la caída. El ir acompañado es imposible, y mucho más lo es el hablar con un conocido. El que quiera ganar terreno tiene, por necesidad, que emplear los codos (no las manos, porque los ingleses no sufren que nadie los toque con ellas) usándolos como cuña. Pasando la Bober o Lonja, a pesar de las extraordinarias mejoras que han recibido las calles y edificios, casi a cada paso que damos vamos entrando en una región desagradable, mucho más húmeda y nebulosa que la que hemos pasado, lodosa en extremo y oscura por la estrechez de las calles y la altura de las casas. ¡Pobre del habitante meridional de Europa que por la primera vez se ve obligado a tomar aposentos en alguna de estas cavernas! Apenas habrá entrado de puertas adentro cuando se sentirá sofocado a falta de aire vital; la mitad o más de la atmósfera es agua y, lo que es peor, estancada.

Como amarga burla, el extranjero oye hablar de la campiña; y casi ahogado en las calles, siente un vehemente deseo de mudarse a alguno de los varios pueblos que, con distintos nombres, son una continuación de la ciudad de Londres por aquel lado, Pero ¡qué campiña encuentra! A los lados de los caminos reales se hallan, es verdad, algunos árboles miserables y enanos que jamás se cubren de verde. Las hojas enfermizas se desarrollan casi amarillas y caen pocas semanas después, como si muriesen de tristeza. Los maestros albañiles que hará cosa de cincuenta años se fueron, empleados por varios «especuladores» (así se llaman aquí ciertas gentes que con pocos medios se devanan los sesos a fin de ganar dinero, sea por mal o por bien), para plantear varias manzanas de casas, picándose de ser hombres de gusto «rural», que es aquí la manía, no se olvidaron de hermosear (¡mal año sobre tal hermosura!) las fachadas más teatrales con agua. ¡Agua, donde la tierra está casi anegada, no es el mejor vecino! Pero nuestros albañiles poéticos no se metieron en estas reflexiones; de lo cual resulta que delante de las aceras principales de estos sitios se ven albercas socavadas en que el agua pluvia se estanca, cubriéndose con una vegetación que amenaza calenturas intermitentes con su hediondo verdor.

Infinitamente más lamentable es la condición de las pequeñas calles que cruzan a ambos lados del camino. Las casas parecen de cartón, tan débiles y sutiles que no pocas veces se pone por condición al arrendador que no permitirá que se baile en ellas, no sea que el edificio se venga abajo. Recién edificadas estas casucas, tienen un aspecto que convida a los que no las entienden; pero como están construidas de modo que no pueden durar más que veinte o veinticinco años, tiempo del arrendamiento del solar, pasado el cual el edificio sería del señor solariego, muy pronto pierden sus atractivos, mostrando una vejez anticipada. La solidez de las casas en el Mediodía de España da muchas ventajas aun a las más pobres, comparadas con estos edificios de Alcaicería. Como constan de yeso y tablas, es imposible mantenerlas libres del polvo que continuamente se desprende de las paredes. El único paliativo son los tapetes, que generalmente cubren los entablados de las escaleras y salas. Pero, como las familias no pueden mantener este lujo, las más de estas casas, especialmente las de alojamiento para personas menesterosas, o enteramente carecen de tapicería o está tan vieja y atraillada que más parece trapos que otra cosa. Desde la puerta se empieza a ver la miseria que ocupa estas pobres mansiones. Tres o cuatro pequeñuelos, sucios, mantecosos y casi negros de hollín, se ven jugando a la entrada con un bullicio intolerable. Quien quisiere entrar tiene que hacerse lugar a empujones, porque el espíritu de independencia se manifiesta muy temprano en estos rapaces que no conocen ley ni rey. Si el que viene a preguntar por algún desgraciado a quien su mala fortuna obligó a tomar asilo en una de estas casas llama a la puerta con perseverancia, tal vez le saldrá al encuentro una figura de mujer tal como es difícil encontrarla en otras partes del mundo. Londres y sus alrededores reúnen los extremos del refinamiento y la grosería. Mujeres más honradas ni más delicadas no se pueden imaginar que las que esta inmensa capital presenta. Pero aquí hablo de las criadas que se ven en estos alojamientos inferiores. Casi descalzas, desgreñadas, aunque con una escofireta que parece haber servido de aljofifa, el cutis dando indicios de blancura que se entreluce bajo una concha de suciedad, las greñas rubias mas nunca peinadas, y los ojos azules incapaces de ternura femenil. Tal es generalmente el aspecto de estas infelices, a cuya vista los santos del desierto se hubieran visto libres de las molestias de su mayor enemigo. Pero ¿a qué me canso en pinturas generales? Más vale entrar de una vez en el asunto y dejar que las cosas se presenten individualmente a la vista.

Una multitud de españoles emigrados habían tomado refugio en la parroquia de Clerbeneweh, que es uno de los pueblecitos circunvecinos que Londres ha incorporado consigo. Algunos años ha sería probablemente uno de aquellos puntos a que los habitantes del centro de Londres se refugian de cuando en cuando para evitar el aire mefítico de los cuarteles mercantiles. Mas, aunque hasta el día de hoy una plazuela cenagosa conserva el nombre de Prado de Clerbeneweh (Clerbeneweh *Gren*), no queda en todo el distrito la menor traza de campiña.

Llamado por ciertos negocios a este barrio, muy rara vez visitado por mí, me apresuraba una tristísima mañana a fines de noviembre para volver cuanto antes al término occidental, donde mi buena fortuna me ha permitido habitar siempre que mi residencia ha sido en Londres. Siendo muy poco el tráfico de este arrabal y siendo el tiempo menos propicio del año para salir al raso, muy pocas personas cruzaban por el lodo para pasar de una parte a la otra de la plazuela. Pero, a pesar de la niebla lloviznosa que casi ocultaba los objetos, a no larga distancia descubrí una señora conocida mía por muchos años, una de las personas más amables y virtuosas que he visto en el mundo. Viuda con varios hijos y sin más que muy moderados medios de subsistencia, Mitris Christian es un modelo de elegancia sin afectación y de economía con decencia. Pero ¿quién podrá describir justamente su bondad, su beneficencia? No teniendo abundancia de medios pecuniarios con que asistir a los infelices, Miss Christian consagra el tiempo que los cuidados de su familia le dejan a visitar una clase de pobres que abundan especialmente en Londres y sus arrabales, y que por sus circunstancias merecen el nombre de «pobres vergonzantes». Con este humanísimo objeto, varias señoras de la clase mediana, clase que comprende muchas de las familias más instruidas y amables de Inglaterra, se reúnen en varias partes de la capital y sus contornos para visitar por turno a los necesitados de ciertos distritos, sin distinguir católicos de protestantes, procurándoles cuantos alivios están al alcance de las asociadas y, cuando falta el dinero, asistiéndoles por lo menos con su presencia y el consuelo que la simpatía verdadera sabe comunicar al corazón afligido.

—¿Por aquí esta horrible manana? —exclamé al ver a mi buena amiga.

—¡Oh, cuánto me alegro de encontrar a usted! —me respondió con visible contento—. Nadie puede serme más útil que usted en este instante.

—Aquí estoy, pues, para lo que usted me mande.

—Bien está, amigo mío. Venga usted conmigo, que no tendremos que ir a mucha distancia. En una de estas calles miserables he hallado una familia española en el estado más triste que se puede imaginar. Aunque yo hablo francés tal cual y estos pobres extranjeros lo entienden mal que bien, su acento español y el mío inglés no nos dejan entendernos. Venga usted a servirnos de intérprete, aunque sé bien que no podría usted ver esta desgraciada familia sin enternecimiento.

—Vamos sin tardanza —dije yo—, aunque bien sabe usted que no solo me penetran el alma los males de otros, sino que no teniendo dineros con qué aliviar a los necesitados, ni salud para emplearme en su servicio, las miserias humanas me oprimen sobremanera. Pero vamos a verlos.

Entramos en una de las casas que describí poco ha, y no es menester decir que sobre la puerta se pudiera haber escrito con verdad: «Aquí habitan desgraciados». Subimos al segundo alto por una escalera cubierta de inmundicia, respirando un aire tan infecto como el del peor hospital del mundo. En un pequeño aposento, sin nada que cubriera las tablas, sin cortinas, con una pequeña mesa de tabla no acepillada y con solo dos sillas que amenazaban ruina al tiempo de sentarse en ellas, descubrimos una joven como de catorce años, bellísima, aunque macilenta y pobremente vestida, que apoyándose con los codos sobre la cornisa de una chimenea sin fuego procuraba apoyar su cabeza, mostrando, sin quererlo, que la fatiga, la falta de sueño y, lo que es peor, la falta de alimento, la oprimían demasiado. Al lado opuesto de la puerta, y expuesta a los repetidos soplos del aire húmedo y frío que subía por la escalera desde la calle (no habiendo puerta cerrada en la casa), estaba una camilla de esas que se ocultan durante el día en un cajón con la apariencia de una cómoda. Aun cuando nuevas, estas camas son totalmente incómodas por su estrechura y falta de firmeza, pues al menor movimiento crujen, como si se fueran a hacer pedazos. Mal cubierto con un cobertor raído, yacía en este miserable lecho un hombre como de cincuenta años, con todas las señales de moribundo: los ojos sumidos, la nariz afilada, la boca medio abierta y una palidez mortal difundida por todo el rostro. Casi igualmente moribunda, al menos en la apariencia, estaba a su cabecera una mujer como de treinta años, delicada en extremo, con ojos que habían sido hermosos y cabellos tan negros como los ojos, que quince años antes no se podían mirar con indiferencia.

Levantóse tímidamente cuando nos vio entrar; pero tanto la joven como su madre (pues la mayor lo era) venían apresuradamente a tomar las manos de Mistris Christian, quien con un inefable amor les besó cariñosamente la boca, como es la costumbre en este país, sacándoles con su ternura las lágrimas a los ojos. Nombróme después, dirigiéndose al enfermo; pero como mi nombre es inglés no le hizo mucha impresión. Mas cuando en su lengua nativa le dije: «Paisano, ¿qué males son estos? ¿Cómo está usted?», los ojos que hasta entonces estaban sin lustre y socavados parecían ahora centellas que querían salirse de sus huecos.

—¡Bendito sea Dios! —exclamó, alzando las macilentas y trémulas manos—. ¡Bendito sea Dios, que me ha hecho oír el acento de mi patria en este miserable destierro! Es verdad que lo oigo por la boca de estas infelices compañeras de mis males, pero temí no escuchar una voz consoladora antes de la muerte que siento muy cercana.

En esto, las dos españolas prorrumpieron en un llanto desconsolado que les movió el recuerdo de su país.

—¡Ánimo —dije yo, aunque la garganta se me anudaba—, ánimo, señoras y paisanas mías! Según veo, el lamentar no puede servir de nada. Díganme ustedes su situación, que, aunque yo de por mí no valgo mucho, veremos lo que se puede hacer por ustedes. Los ingleses son generosos.

—Sí, lo son, lo son —exclamó la madre—. ¡Oh, aquí hubiéramos muerto de hambre! Pero ¿qué vale el vivir, si lo que más amamos en el mundo, si mi buen marido, el padre de esta niña que ven ustedes postrado en esa cama parece que va a exhalar el último aliento, cuando la enfermedad y los recuerdos de sus desgracias se unen a oprimir su pecho, que, por otro lado, una calentura continua está devorando de hora en hora? ¡Oh, señor paisano, persuádale usted que se esfuerce a vivir y no nos deje!

La niña, que se acercó a su cama, se echó al cuello de su padre, abrazándolo tiernamente y diciendo, entre lágrimas y sollozos:

—¡No nos deje usted, papá, por amor de Dios, no nos deje!

Esta escena agravaba tan visiblemente el peligro del enfermo que, haciéndome violencia para no aumentar el llanto general con el mío, separé las españolas de la cama y, hablando algunas palabras en inglés a Mistris Christian, que no quitaba el pañuelo de sus ojos, me volví a los desgraciados, suplicándoles me diesen alguna cuenta de sus infortunios, a fin de ver si podía encontrarles algún alivio. El ama de la casa, que aunque pobre y de una clase que no se muestra generalmente compasiva, probablemente más por falta de medios que por falta de humanidad, entró a este punto diciendo que el doctor (así llama la gente común los médicos, cirujanos o boticarios) venía a ver al enfermo. Un momento después se presentó a la puerta Mister Powell (que así lo nombró la patrona), pero, volviendo atrás un momento y haciendo señas a la patrona que saliese, la estrechez de la entrada al fin de la escalera no le permitió separarse tanto que no oyésemos el crujir de un lío de papel que el Doctor se esforzaba a sacar de la faltriquera de su casaca.

—Sin duda —me dijo la señora española— ese buen caballero le trae a mi marido uno de sus regalitos.

Así era verdad, como la patrona me dijo después. Este hombre singular, a quien la gente ha dado el sobrenombre del *buen Powell* (*good* Powell), había traído una perdiz para el enfermo, sin considerar ni el bulto más que mediano que el lío, sobrepuesto a unas ancas de descomunal altura, levantaba a la popa de su no muy alta persona ni el olor poco agradable que la perdiz muerta, más de una semana, según costumbre, le dejaría en los vestidos. Dos o tres minutos después se presentó nuestro Doctor con una cara, si no bella, tan risueña y benigna que ningún hombre de bien podría mirarle sin desear tener a su dueño por amigo. Haciendo una inclinación o cortesía general, que seguramente no le enseñó el maestro de baile, tomó las manos de las dos españolas, aunque poco acostumbradas a esta especie de saludo, y, medio en francés, medio en inglés, sin la menor aprehensión de parecer ridículo, les dijo que se alegraba de verlas aunque sentía que el enfermo no había podido levantarse, como hasta aquel día lo había hecho.

—Ahí tiene usted un intérprete, Mister Powell —dijo la señora Christian, señalando hacia mí.

—Me alegro, me alegro —dijo el Doctor, extendiendo su mano derecha—. ¿Español también?

—Sí, señor —dije yo.

Pero oyendo mi acento:

—¡Ah, lo veo: español adobado en inglés! ¡Ha, ha! No es mala mezcla. Ahora bien, hágame usted el favor de preguntar al enfermo lo que yo vaya diciendo, y dígame usted sus respuestas.

Largo fue el interrogatorio, y tal sus resultas que, al paso que yo respondía, nuestro buen Powell unía las grandes cejas negras que sobresalían cosa de media pulgada inglesa ante los ojos y hacían un contraste no desagradable con la blancura sonrosada de sus gruesos carrillos.

—No hay esperanza —me dijo en inglés, añadiendo en voz más alta y en su francés anglicano—: *Et bien, Mesdames, nous verrons; au revoir, au revoir. Swill send you, cela veut dire, je vous enverrais de la médicine.*

Y dándome la mano otra vez y con otra cortesía general salió de la sala.

—Una palabra con usted —dijo, haciéndome una seña.

Salí a la escalera, y, bajando dos o tres escalones, continuó:

—Veo que usted está naturalizado entre nosotros, y por tanto podría usted hacer alguna cosa por esta familia desdichada. Lo que hay que hacer no es poco, porque estoy convencido de que no solo el padre sino la madre de esta inocente niña extranjera tienen poco que vivir. El pobre enfermo está a los últimos momentos; su esposa tiene una tisis incurable y muy adelantada. En este clima y en una situación tan desdichada el progreso de la enfermedad será rápido. Veamos pues, cómo hemos de disponer de la huérfana, pues no tardará mucho en serlo. Yo, como usted ve, soy un cirujano-boticario, ni muy pobre ni muy rico. Tengo lo suficiente para mí y para una hermana, de estado honesto, que vive conmigo. Si no hallare usted mejor acomodamiento para la Luisita (que así creo que se llama), en mi casa no le faltará un cubierto y mi hermana le dará parte de su cama, a estilo del país.

En esto, sacó sus tarjetas y me dio una en que estaba grabado: *Mr. Powell, 23 Clerkenwel Green*. En retorno le di mi dirección.

—¡Adiós! —me dijo, encargándome que me informase de lo que tenía que decir al enfermo, y que a la primera ocasión fuese a tomar té con él y su hermana para darles cuenta de aventuras que no podían menos de ser tristes.

Subí otra vez y, sentándome a la cabecera, dije:

—Ahora bien, paisano, procure usted comunicarme lo que guste, sin fatigarse, pues la debilidad es grande.

—Grandísima —me respondió—, y tal que temo que esta sea la última vez que pueda hablar de seguida por algunos minutos. No hay tiempo para preámbulos. Mi nombre es Miguel de Bustamante, abogado de la cancillería de Valladolid. Un pleito muy reñido y de grande importancia, que, a influjo de uno de los pleiteados se había llevado al Consejo de Guerra, me detuvo en Madrid con mi mujer e hija los tres años anteriores a la desaforada tormenta política de cuyas resultas aún está gimiendo España. Uno de los miembros del dicho Consejo, hombre como hay pocos en nuestra patria, pero al mismo tiempo uno de los españoles más maltratados en la revolución, me honró con su amistad. ¿Conoció usted por acaso al señor Sotelo?

—¡Sí, lo conocí! —respondí yo saltándoseme las lágrimas—. Él fue uno de los más tiernos amigos que tuve en España. ¡Oh, qué memoria despierta usted en mi pecho! Sé todos sus infortunios. ¡Qué expiación tan grande le debe España! Pero prosiga usted, y no se empeore con estos tiernos afectos.

—Bien. Sepa usted que yo acompañé a nuestro amigo en su desgraciada misión a la Junta Central. Deshonrados con el nombre de traidores, nos volvimos a Madrid, desde donde yo resolví pasar a Francia. Nuestro amigo creyó de su deber quedarse en España, resuelto a ponerse en manos de las autoridades españolas. Cuando, como ya se preveía, las tropas francesas se retiraron de Madrid. No tengo que decir a usted que aquel ilustre magistrado, cuyo nacimiento, parentela y, más que todo, cuyos talentos merecían la mayor consideración, se vio encerrado en la cárcel como facineroso, estuvo a la muerte en un hospital rodeado de sus pequeños hijos, y al fin, habiendo bebido el cáliz de amargura hasta las heces, se tuvo por feliz en que lo dejasen ganar su vida como abogado.

»Yo tenía un cierto patrimonio, que, reducido a contante y puesto en las rentas francesas, no me permitía el temer verme algún día destituido. Pero un aventurero inglés con quien trabé amistad en París empleó sus talentos, para lo cual eran grandes, en rodearme con lazos de que al fin no pude escapar. Llenóme de temores acerca de la responsabilidad de los fondos de Francia y me persuadió que si bajo su dirección transfiriese mi dinero a Inglaterra él sabría emplearlo de modo que mi renta anual se doblase. Cedí y vine con él a Inglaterra, de donde poco después determiné visitar en secreto a Cádiz, el tiempo que las armas de los Borbones franceses se iban a emplear en restablecer la autoridad de los Borbones españoles. El objeto con que fui a Cádiz, dejando a mi mujer e hija en París hasta mi vuelta a Inglaterra, fue el recobro de cierta suma de dinero que estaba en las manos de uno a quien yo contaba entre mis más fieles amigos. Tanta confianza tenía en él que me puse en sus manos, no obstante el riesgo que corría por parte de los patriotas, que me tenían por afrancesado. Entré en Cádiz con nombre fingido y fui incontinenti a abrazar a mi amigo. Pero cuál fue mi sorpresa cuando me dijo que mi venida se esperaba por algunos que me querían mal, que no había un momento que perder si quería conservar mi libertad y acaso la vida. Haciéndome firmar un papel por el cual ponía en su poder ciertas haciendas que eran mías en Castilla y con achaque de que él las recobraría como deuda reconocida por mí (único motivo de mi viaje a Cádiz), me apresuré a ir con gran secreto al paquete inglés que iba a hacerse a la vela aquella noche, asegurándome al mismo tiempo que me enviaría sin tardanza el saldo de nuestras cuentas. Volví a Londres solo para tomar dinero con que pasar a Francia por mi mujer e hija. Pero ¡quién podrá describir mi desesperación cuando, preguntando por mi amigo, me dijeron que había salido cosa de dos semanas antes para la Jamaica! Pregunté con manifiesta agitación a sus banqueros si el señor Earle había dejado algunos fondos a mi crédito. A esto me respondieron que no había dejado ni un chelín en Londres, que había vendido cuanto se hallaba a su nombre en los fondos y al parecer había salido del país con determinación de no volver. Imagínese usted mis ansias y temores. Este falso inglés no tuve la menor duda que me había robado la mayor parte de mis haberes. Seguirlo a Jamaica en mis circunstancias presentes era imposible. Añádase a esto que yo no poseía ningún documento legal que probase la deuda. Sus cartas las reconocían, pero el recobro debía ser costoso y muy difícil. Escribí, pues, al momento al depositario de lo que me quedaba en España. Su nombre era Acosta. Le supliqué me mandase algún dinero a cuenta, pero no tuve respuesta. Mis ojos se abrieron de repente sobre el abismo en que iba a sumergirme. Apenas me quedaban medios de mantenerme en Londres. ¿Qué había de hacer? Mi mujer e hija en París pidiéndome socorros... ¿cómo iría por ellas y adónde las depositaría aquí?

Vendí la única prenda de valor que tenía conmigo, una repetición de oro, y, perdiendo enormemente en la venta, como sucede siempre que los compradores conocen que el vendedor no tiene otros recursos, tomé unas 12 libras esterlinas y marché a París. El alma se me partía al informar a mi pobre mujer de nuestro estado presente. Esa pobre niña, que por su desgracia tiene más reflexión que la que promete su edad, se impuso en un momento y comprendió la extensión de sus desgracias. Cuantos adornos poseían las dos, algunas pequeñas joyas, zarcillos y otras cosillas de esta clase, todo se vendió. Recogimos el dinero y nos volvimos a Londres. Pero el viaje consumió la mayor parte de nuestro haber. Mi objeto era ver si podría encontrar medios legales de recobrar mi caudal. Consulté a un abogado, y la consulta se llevó otra porción de mis medios pecuniarios. La fatiga de estos viajes, la aflicción causada por tales traiciones, la desesperación con que veía el porvenir, todo contribuyó a postrarme en esta cama. Esputos de sangre y una tos intolerable eran indicios muy claros de la naturaleza de mi mal. Mi pobre esposa apenas estaba mejor que yo. Al paso que nuestras enfermedades crecían, menguaba nuestro dinero. La patrona instaba por el alquiler, pues, aunque su corazón no es duro, su pobreza le impide ser compasiva. Poco a poco todas nuestras prendas pasaron a las manos de los usureros que aquí devoran a los pobres bajo el nombre de empréstitos. Al principio de la enfermedad, la patrona hizo venir a ese médico, hombre compasivo, que desde el punto que entendió nuestra situación, lejos de esperar recompensa por sus visitas o por las medicinas que nos envía, no pasa día alguno sin que nos traiga algún regalito. Él y esa buena señora Christian, que nos encontró aquí de resultas de la caridad con que busca a los necesitados, han impedido el que nos muramos de hambre. A no mucha distancia se hallan españoles refugiados, pero los odios entre los llamados patriotas y los supuestos partidarios de los franceses no nos dejan aún en nuestro común destierro. El gobierno inglés no nos reconoce. En una palabra: el cielo y la tierra parece que nos abandonan. Yo siento que mi fin está cercano.

El infeliz había interrumpido su relación con frecuentes paroxismos de tos, que casi lo ahogaban.

—Si es que una Providencia benigna ha traído a usted para ser mi último alivio...

—No lo dude usted —respondí conmovido.

—...prométame, puesto que usted se halla arraigado en este país, que no desamparará a estas infelices.

Mistris Christian, que había entendido lo más importante de la conversación y que infería el resto por la impresión del rostro del pobre enfermo y por las lágrimas que corrían sin cesar de los ojos de la madre y de la niña, se levantó y, dando la mano al infeliz Bustamante, le aseguró en francés que cuanto estuviere en poder nuestro tanto se haría por ellas. Yo le hice la misma protesta y, despidiéndome por ahora, acompañé a la señora Christian hasta su casa, informándola entre tanto de las circunstancias que su poca inteligencia de la lengua no le había dejado entender. Los lectores benévolos no necesitarán que se les diga que desde este momento la señora mi amiga, el médico Mister Powell y yo visitamos diariamente a la infeliz familia y, aunque no nos hallábamos con medios de atender a las muchas necesidades que se acumulaban de hora en hora, ni el hambre ni el frío pudieron desde este momento poner el colmo a los males de estos desgraciados.

Capítulo II

Tristísimo aunque grandioso espectáculo presenta un moribundo que, esperando con certeza la muerte entre penas interiores y exteriores, la ve dilatarse de día en día, teniendo de este modo que saborear poco a poco la disolución que todo viviente teme por instinto. Ésta es la situación que prueba fortaleza de alma y manifiesta la más pura filosofía práctica, que consiste en el hábito de gobernarse en todo caso por la razón y no por las pasiones y humores. Empero, grande es el engaño de los que, conociendo el verdadero estoicismo solo por el nombre, imaginan que esta sublime filosofía, hermana del cristianismo, exige la extirpación de los afectos que la naturaleza grabó en el pecho humano. El verdadero filósofo no se propone la insensibilidad, sino la superioridad de la razón sobre las sensaciones molestas. La filosofía no reprueba los gemidos que arranca el dolor, mas condena la impaciencia que se entrega a discreción al torrente de las pasiones, ora sean tímidas o irascibles.

La muerte parece que quería dar ocasión al pobre Bustamante de manifestar el ánimo varonil, aunque tierno, que había cultivado en tiempos felices. Desmintiendo las predicciones del médico, la enfermedad lo consumió tan poco a poco que no alcanzó el deseado descanso del sepulcro hasta que la primavera, como si quisiese hacer más duro el contraste, empezó a renovar la vida de la naturaleza. Entre tanto, era digno de verse con cuánto esmero el paciente buscaba las circunstancias más pequeñas que contribuían a su alivio para fijar su atención, en ella y apartarla de sus aflicciones. Cada vez que Mis. Christian, el médico o yo le enviábamos, ora utensilios de conveniencia, ora alimento de la clase que más convenía a su situación, el placer que la gratitud le causaba era un bálsamo que acallaba sus sufrimientos.

—La tardanza de la muerte —solía decir—, que parece la mayor de mis calamidades, ha sido por el contrario una de mis mayores ventajas. Irritado por la traidora conducta de dos a quienes yo había dado mi confianza, me vi en riesgo inminente de cerrar mis ojos a la luz del día negando la existencia de la virtud. Pero, gracias al cielo, tres almas generosas vinieron a sacarme de este peligro. Tres meses de intervalo he tenido en que observar a los amigos de mis últimos días. Es verdad que he sufrido muchísimo en este tiempo, pero de buena voluntad sufriría el doble por no perder el placer de haberlos conocido. Por la disminución de mis dolores entiendo que el último término está cercano. Pero ¡con cuánta paz y satisfacción muero, dejando en tan buenas manos las caras prendas de que la segur inflexible de la muerte me aparta!

Mucho aprendí en esta triste escuela de adversidad. ¡Cuánto se ensanchó mi pecho para mis semejantes! ¡Cuán dulcemente me vi enlazado a los infelices que esperaban de mí compasión más bien que socorro! ¡Cuán libres de egoísmo fueron nuestros placeres en medio de los pesares! Quien quisiere saber qué cosa es la felicidad verdadera, búsquela no entre los que ríen sino entre los que lloran. El que quiera saber a qué fin se halla colocado entre los males inevitables de esta vida, procure emplearse en aliviarlos y pronto se hallará libre de la sensación de acusar a la Providencia.

No intento mover a mis lectores con la descripción de los últimos instantes del infeliz expatriado. Baste decir que a principios de mayo exhaló el último suspiro entre mis brazos.

Los entierros no se hacen aquí tan precipitadamente como en España. Es verdad que en algunas provincias de aquel país el calor del clima admite muy poca dilación, pero la grande importancia de evitar el error fatal de una muerte aparente impone una solemne obligación de esperar hasta que las primeras señales de disolución disipen toda posibilidad de duda.

No obstante el triste clima de Inglaterra, se gozan en ella ciertos días que, aunque no tienen el brillo y la alegría de los de España, inspiran un placer suavísimo mezclado con melancolía. De esta clase son algunos días hacia mediados del mes de mayo. Los árboles están cubiertos de una verdura tan virgen que parece a cada instante haber salido del seno de la planta. La inclinación de los rayos del Sol les da, por medio de la refracción, una especie de esmalte agradabilísimo a los ojos. Nubes quebradas y ligeras, en mil figuras caprichosas, pasan rápidamente en las alas del viento, que parece jugar con ellas. Por este tiempo y algunas semanas más tarde, se hace la corte del heno, que es parte principal del alimento de los caballos todo el año y del ganado vacuno en el invierno. El heno consiste en una variedad de yerbas que nacen espontáneamente en los prados; pero entre ellas abunda una con un olor tan refrigerante y delicado que en el tiempo de esta cosecha el aire se respira embalsamado por algunas millas en contorno. Como la vendimia en países de viñas antes parece regocijo que trabajo, así acontece aquí con el heno. Largas hileras de segadores, con hoz cuyas cuchillas tienen vara y media de largo, se ven marchar a compás, dándose lugar uno a otro y dejando la yerba postrada en lomos o caballetes. De cuando en cuando se paran a afilar las hoces con un pedazo de piedra de amolar que llevan a la cintura en una vaina de cuero. El sonido es de los más alegres que pueden oírse, ora sea por la reunión de ideas deliciosas que excita, ora por cierto retintín campestre que naturalmente agrada cuando se oye en la amplitud de los prados. En pos de los segadores va un número considerable de mujeres con perchas para separar la yerba y exponerla al Sol y al viento a fin de que, secándose, se convierta en heno. Los muchachos y muchachas del contorno tienen el mayor placer en revolcarse sobre el heno al punto que empieza a secarse, tirándose unos a otros puñados de la olorosa yerba y frecuentemente cubriendo del todo a algún otro que yace pacientemente en tierra para este juego. Todo respira animación y vida; todo convida a la alegría, al amor y a la esperanza. ¡Ay, Dios, qué contraste para los que al través de estos mismos campos caminábamos a pasos lentos conduciendo a nuestro difunto amigo al jardín mortuorio de una iglesia rural en que él había buscado recreo algunas veces sentado sobre una de las piedras sepulcrales, con su mujer y su hija!

Siguiendo la costumbre del país, la viuda y la huérfana, acompañadas por mí, por el señor Powell y la señora Christian, habían tenido el valor de ver depositar los restos del que tanto amaban en el silencio de la sepultura. Un carro cubierto, tirado de cuatro caballos negros guiados por un cochero de luto, y acompañados de criados envueltos en capas negras, llevaban en su hueco la caja, forrada por dentro y por fuera con un paño negro y claveteada con clavos plateados. Una chapa plateada expresaba el nombre y la edad del difunto. Como esta especie de honores funerales son de costumbre universal, tanto que hasta los más pobres usan al menos alguna parte de ellos, hay en todas partes de Inglaterra gentes cuya ocupación es proveer lo necesario para entierros, desde la pompa más costosa hasta el acompañamiento más humilde. Nosotros, los amigos del difunto Bustamante, habíamos procurado solo lo que era indispensable para un entierro decente: el carro funeral y un coche enlutado para los dolientes.

Era casi imposible el contener las lágrimas cuando, apeándonos junto a una abertura de la empalizada del prado de heno que estaba delante de la iglesia, los criados sacaron la caja de dentro del carro y, echando encima de ella una cubierta de terciopelo negro que colgaba hasta los pies de los cuatro que llevaban el difunto sobre sus hombros, el médico y yo tomamos en la mano derecha dos borlones que colgaban de las esquinas del paño. Seguidos de las señoras, que habían envuelto sus rostros en los velos negros que llevaban sobre la cabeza, empezamos a marchar lentamente hacia la iglesia, abriéndonos camino cuantos se hallaban en el prado, que, al ver venir el entierro, se acercaron respetuosamente con las cabezas descubiertas y en silencio. Este silencio es verdaderamente majestuoso. Al llegar a las rejas que rodean la iglesia y el jardín mortuorio, el clérigo de la misma, con la sobrepelliz talar de lienzo blanco que aquí se usa, salió a recibirnos y, teniendo el libro de los oficios en la mano, se puso delante de los que llevaban la caja dirigiéndolos a la iglesia. Había en ella unas banquetas elevadas sobre las cuales colocaron al difunto, entre tanto que el clérigo decía ciertos salmos que son de costumbre. Acabados éstos, volvimos a salir, en el mismo orden, a donde la sepultura, cavada en la tierra de ocho a diez pies de profundidad, se hallaba abierta con dos tablones gruesos cruzados. Habiendo leído el ministro ciertos pasajes de la Escritura que contienen promesas de inmortalidad, los criados pusieron la caja sobre los tablones, y, pasando por debajo unas cuerdas, quitados que fueron aquéllos, la caja se deslizó lentamente mientras que el ministro decía las palabras acostumbradas, palabras que no se pueden oír sin grande emoción de alma, tan solemnes y tan sublimes son en tales circunstancias:

—A la tierra te entregamos, hermano nuestro. Polvo al polvo, ceniza a las cenizas, con la esperanza de una inmortalidad gloriosa.

En esto, tomando cada uno de los dolientes un puñado de tierra, la derramamos sobre la caja, que resonó en el fondo de la hoya con un sonido lúgubre.

Aquí faltaron enteramente las fuerzas a la infeliz viuda, y, dando un gemido agudo, hubiera caído como muerta en tierra, a no ser por el pronto auxilio del señor Powell, que la recogió en sus brazos. Luisita, más muerta que viva, asistió a Mistress Christian en administrar los medios de hacer volver del desmayo a su pobre madre; y, entre todos, la llevamos al coche de luto, que acaso nunca antes habría llevado dolientes más verdaderos que los que ahora lo ocupaban.

Yo no sé qué efecto tendrá mi simple relación en mis futuros lectores; solo sé que, si la mitad de las lágrimas que involuntariamente he derramado al escribirla corriesen de sus ojos al leerla, esta obrita no caería prontamente en olvido, como temo que será su suerte. Sea de esto lo que fuere, no quiero exponerme otra vez a la impresión melancólica de otra pintura semejante. Baste decir que cinco meses después tuvimos que acompañar a la viuda Bustamante por este mismo camino y al través del mismo prado, no ya verde y respirando esperanzas para sus dueños, sino árido y en toda la decadencia del otoño, que ya empezaba a confundirse con el invierno. La infeliz había cerrado los ojos al mundo y sus vicisitudes para descansar en la misma huesa en que había depositado a su esposo. Cuando la próxima primavera rejuveneció el césped que cubre los silenciosos habitantes del jardín cementerio de la iglesia de N..., la yerba se halló excluida de un espacio pequeño que una simple lápida había ocupado en testimonio de nuestros respetos a la virtud hermanada con la desgracia. La leyenda en inglés dice:

AQUÍ YACEN DOS ESPOSOS A QUIENES LES FUE

NEGADO EL REPOSAR EN SU SUELO PATRIO, Y
A QUIENES PERSIGUIÓ LA FORTUNA EN EL
EXTRANJERO. LA HUMANIDAD INGLESA NO
LOS
DEJÓ PERECER SIN ALIVIO, Y A ELLA DEBEN
TAMBIÉN LA SATISFACCIÓN DE QUE ESTA
LÁPIDA PERPETÚE SU AGRADECIMIENTO.

ANTONIO Y MARIANA DE BUSTAMANTE
DICTARON ESTA INSCRIPCIÓN PARA SU COMÚN
SEPULCRO, Y SUS BUENOS AMIGOS SE
ENCARGARON DE HACERLA GRABAR PARA
PERPETUA MEMORIA.

La bella, la amable Luisita, empezó ahora a ocupar toda la atención del pequeño grupo de amigos que, por casi un año entero, se habían empleado en dar consuelo a la familia emigrada. Miss Powell, la hermana del médico, se la llevó sin tardanza a su casa, y todos convenimos en buscar medios de completar su educación y procurarle modo de que ganase la vida decentemente. Poco había que dudar sobre este punto. Las jóvenes que nacen sin medios de independencia en las clases no acostumbradas a empleos serviles no tienen otro recurso que emplearse en enseñar, ora sea música, leer y escribir, diseño, geografía, según sus talentos y previa instrucción. Estas ayas o maestras tal vez viven con sus madres o parientes, si los tienen, y van a dar lecciones de casa en casa, tal vez encuentran familias más o menos ricas que les dan comida y alojamiento además de un cierto salario. Como hay una multitud de jóvenes de esta clase que buscan empleo, la suerte de las más no es envidiable. El defecto general de los ingleses es una afectación de importancia, riqueza y refinamiento, que excede mucho a sus verdaderas pretensiones. Las familias más intolerables de este género son las que, habiendo realizado algún capital como tenderos (clase generalmente inferior a los tenderos ricos de España), dejan el tráfico y se meten a caballeros. Las mujeres de esta clase son más vulgares que los maridos, aunque los unos y las otras son en extremo ignorantes. Pero la pomposidad de estas damas nuevas, sus mimos ridículos y su tiranía, cuando tienen personas inferiores sobre quienes ejercerla, son absolutamente intolerables. La suerte de una pobre aya delicada y modesta, que no sabe defenderse con desenfado y teme ser despedida, es sumamente miserable si cae en manos de una de estas mujeres toscas e insensibles a todo placer fuera de los de la mesa, incapaces de simpatía a no ser que hallen su propio interés en fingirla. No hay regla sin excepción, pero éste es el carácter general de la clase, como creo que se verá bien claro en el discurso de esta historia.

Por lo que hace a Luisa Bustamante, pocas jóvenes podrían hallarse con disposiciones y talentos más aventajados. Hablemos en primer lugar de su buen parecer, que es como una carta de recomendación en todo el mundo. Figúrense los lectores españoles las facciones más delicadas, con aquel color a que damos el nombre de trigueño y que no se encuentra en el norte de Europa, un cutis transparente que casi dejaría ver circular la sangre en las venas, un cuerpo que pudiera ser modelo para otra Venus de Médicis, y añadan a todo esto una voz que no hallaría compañera sino en la de otra, casi española, la desgraciada Malibrán, a quien la mala suerte cortó la vida en la edad más floreciente, no a mucha distancia de donde escribo esto. Viva en extremo, y con una comprensión que casi anticipaba lo que los maestros venían a enseñarle, tres años fueron más que suficientes para darle una educación tan completa que pocas de las señoritas principales de Londres podrían competir con ella. En este espacio aprendió el inglés con tanta perfección que jamás se le escapaba una falta; y, aunque lo hablaba con cierto acento extranjero, los naturales decían que este acento daba a su lenguaje una gracia inimitable. En el francés se perfeccionó al mismo tiempo, aprendiendo de paso geografía, aritmética y los principios de la historia general, sin pasar de ligero por la de su patria, España.

Es cosa digna de atención que la historia de España fuese la ocasión de que se manifestara completamente el carácter heroico de su alma ternísima y sensible. Aunque patriota decidida en todas sus aficiones, nunca manifestó el menor fanatismo mezclado con estos sentimientos. La larga lucha de los cristianos contra los musulmanes la llenaba de entusiasmo, pero nunca se declaraba contra los moros como si fuesen criaturas inferiores a nosotros. En una palabra: sus sentimientos eran semejantes a los de los castellanos nobles de los siglos nono y décimo, cuando los musulmanes españoles se hallaban adelantados en ciencias más que todas las naciones del Occidente, de modo que los que tenían medios de viajar para aprender pasaban algunos años en las escuelas de Córdoba, olvidándose de las disputas, que antes debían su origen a la ambición política que a la diferencia de religiones. De cuantos libros españoles modernos le procuré, ninguno le interesó más que la *Historia de los árabes españoles* por Conde. Tal era la afición que mostraba a los personajes heroicos de aquella noble raza, que era una chanza establecida entre nosotros decirle que si hubiera vivido en aquellos tiempos se habría pasado a los moros. Esto casi la enojaba, porque le parecía traición a su patria, y con gran ardor se empeñaba en asegurarnos que antes se habría expuesto a morir quemada por los cadís fanáticos de que Conde nos da noticia que renunciar a su España. Pero decía al mismo tiempo, con muchísima gracia y animación, que los cristianos habían sido grandes majaderos en muchas ocasiones y no habían sabido convertir a los moros, que, en vez de tratarlos insolentemente y con dicterios, hubieran hecho mejor en mirarlos como paisanos, pues lo fueron en verdad en el discurso de pocos años.

—Dejáranme a mí —concluía—, si la suerte me hubiera dado la vida entonces; dejáranme a mí el manejo de aquellas cosas, y yo los hubiera hecho cristianos por docenas.

Con risa general nos dábamos por convencidos. Pero como no le decíamos la razón que nos movía a creerlo, que eran sus bellísimos ojos, más poderosos aún que los misioneros, se desesperaba a causa de nuestra risa, diciendo que éramos peor que niños y que no se podía disputar con nosotros.

Pero más que todo, movía la admiración de los que la trataban el entusiasmo músico que constantemente la animaba. En España había aprendido a tocar la guitarra con gusto y ejecución, acompañándose en el canto con gran delicadeza. Adelantó mucho lo que había aprendido en España durante su educación inglesa, pues, habiendo tomado excelentes lecciones de piano y adquirido los principios de contrapunto, se halló capaz de componer varias piececitas para su propio uso, especialmente boleros de un carácter serio y canciones por el estilo de las francesas, y, lo que es más de admirar, componiendo los versos que quería poner en música. De este modo la música le inspiraba los versos, y los versos la música. Algunas de sus primeras composiciones poéticas se hallan entre mis papeles, pero no estoy cierto en si haré bien o mal en darlas a luz, porque, a decir verdad, aunque al oírlas expresadas por su voz divina me parecieron dignas de atención de por sí e independientemente de la música, temo que mi larga ausencia de España me haya privado de aquella delicadeza de oído que se requiere para juzgar con acierto en poesía y, particularmente, cuando la medida del verso es poco acostumbrada. Pero, confiado en la bondad de los lectores, insertaré aquí una canción que Luisa compuso cuando, llevada de su amor a la lengua patria, se aventuró por la primera vez a expresar su entusiasmo en ella.

Canción

¡Oh! ¿Qué anhelar es éste que me inspira?
¡Qué agitación, qué dulce y puro ardor!
Sin yo querer resuena ya mi lira,
Sin yo querer al aire doy mi voz.

Nunca esperé que don tan noble el cielo
Diérame a mí sin penar y afanar;
Supo el Amor mi cuita y rasgó el velo,
Vi un mar de luz, y en él miradme ya.

¡Dichosa yo! Con alas venturosas
Penetraré donde reside el bien,
Coronaré con inmortales rosas
De eterno olor la enardecida sien.

No más temer, no más dudar; me siento
Del suelo alzar, cercada de esplendor.
Tímida fui; pero de hoy más mi acento
Será el clarín del bien y del honor.

Quien tenga vivamente en la memoria a nuestro inmortal paisano García cuando, dejándose arrebatar de la ilusión en el

Teatro Italiano, parecía convertir los afectos más poderosos en música, haciéndonos percibir que ningún otro lenguaje podía expresarlos con más viveza y verdad, podrá formarse alguna idea de la inspiración que poseía a nuestra joven al cantar estos versos. La música se ha perdido; pero, si nuestro Ledesma conserva todavía el poder con que lo dotó la naturaleza, si ha dejado algún digno discípulo de su escuela, tal vez no se desdeñarán de restituir esta canción a su elemento propio, que es la música.

Con menos confianza que los versos anteriores, daré a luz algunas seguidillas serias de nuestra Luisa, no por lo que en sí merezcan, pues es una especie de composición tan ligera que el genio puede hacer poco o nada en ella, sino para que los lectores se impongan desde el principio en el carácter de nuestra verdadera heroína. La seriedad que respiran estas coplas puede ser que ofenda a primera vista, pero, así como la música del vals alemán admite una gran variedad de estilos, desde el más juguetón hasta el más afectuoso, la seguidilla española, tanto el verso como la música, es capaz, a mi parecer, de una multitud de caracteres. Goethe, el mayor poeta de Europa en nuestros días, ha usado el metro de la seguidilla española, aunque sin estribillo, en varias de sus composiciones. Mi deseo es que los poetas españoles se empeñen en reanimar una multitud de metros que casi han perecido al presente. ¡Cuánto daría por la medida latina de hexámetros y pentámetros naturalizada en España como lo está en Alemania! En mi opinión, los españoles no romperán enteramente los lazos de la imitación italiana hasta que no hallen otro metro serio además del endecasílabo.

Pero vamos a nuestras seguidillas. ¡Quién pudiera darme una miniatura de la autora, con la guitarra en la mano y con sus ojos negros elevados como si la inspiración del momento no la dejase percibir el auditorio! ¡Quién me diera uno de los divinos acentos de su voz y el poder de expresarlo por escrito!

Seguidillas

I
    Me dicen que los ecos
    De mis canciones
    Pondrán luego a mis plantas
    Mil corazones.
        No quiera el cielo
        Tengan en mí sus dones
        Tan vil empleo.

II
    No quiero aduladores.
    La ambición mía
    Es propagar la llama
    Que en mí respira.
        Llantos no quiero.
        Valor, virtud, franqueza
        Ganen mi pecho.

III
    Denme de la hermosura
    Ser el modelo,
    Y el que salve a mi patria
    Me tendrá en premio.

        Pues nada valgo,
        Mi amor será de un héroe
        Imaginario.

Pero ya es tiempo de volver a nuestra narración.

En una ciudad como Londres, una muchacha bellísima de dieciséis a diecisiete años, si no tiene la protección de riquezas y parientes, se halla expuesta a los mayores peligros. El carácter de los ingleses participa de las ventajas y defectos de la situación política de la nación. El poder nacional hace frecuentemente orgullosos a los individuos. El espíritu determinado y frío que les da victoria en las batallas los hace formidables para la moralidad del otro sexo. Las jóvenes con caudal y con parientes bien conocidos son generalmente miradas con respeto por los ricos ociosos que, según la opinión pública, fijan la moda y son llamados *fashionables*. Pero, según los principios disolutos que esta clase generalmente adopta por código moral, toda joven pobre y bien educada, como por ejemplo las ayas, es, según su diccionario de germanía, *caza* (*game*), dando a entender que es lícito perseguirlas por entretenimiento dondequiera que se encuentren. Por supuesto que las pobres modistas se consideran como *ferae natura* e indomesticables. Los corsarios de profesión las reclaman como suyas.

Esta era la mayor de nuestras dificultades respecto a Luisita. Su talle, su donaire, hasta su modo de andar, la distinguían entre miles. ¿Cómo sería posible evitarle una persecución diaria si había de ir de casa en casa dando lecciones? Por otra parte, la vida de un aya que reside con la familia en que tiene que dar lecciones es generalmente infeliz. Si los que la emplean son gentes de clase inferior, aunque ricas, se ven constantemente expuestas a los caprichos vulgares, y a la vanidad inquieta y atormentadora de las aspirantes a Señoría. Si el empleo de aya es en familias de lujo y *comm'il faut*, los criados las tratan mal, teniéndolas por igual suyas, y las señoras y señoritas las más veces les muestran un desdén intolerable. La situación de una de estas ayas, cuando en las casas de lujo hay lo que aquí llaman *partida* (*party*) o reunión al principio de la noche, es humillante. El aya tiene que presentarse con las señoritas pequeñas que por lo común toman asiento alrededor de una mesa pretendiendo leer o mirar una colección de láminas. Varios de los convidados se suelen acercar a decir cuatro niñerías por vía de cumplimiento a los padres. Pero el aya debe estar inmóvil y muda como una estatua. Por lo común, mas bien diré sin excepción, estas ayas son de treinta a cuarenta años y no notables por su belleza, de modo que están acostumbradas a esta especie de olvido de parte del mundo. Pero ¡infeliz del aya que en una de estas casas de gran tono, donde se reúne una multitud de jóvenes de la misma clase, mostrase atractivos personales! Pronto se vería acosada de los galgos de dos pies, sin respeto alguno. Pero no hay mucho riesgo de que esto se verifique, por dos razones muy claras. Las madres saben el peligro de un aya agraciada y temen más que todo que sus hijas tengan cerca caras bonitas que las hagan sombra. Antes tomarían por aya a un alférez de guardias que a una joven como Luisa, quien sería una rival formidable para sus hijas casaderas.

En medio de estas dificultades, la señora Cristina, quien, más por la bondad de su corazón que por el dictamen de su buen juicio, trataba varias familias de las que se llaman *religiosas* o *evangélicas*, nos vino a decir que había hallado una casa en que poner a Luisita por aya, fuera de todo peligro moral y con la perspectiva de una vida tranquila.

—Solo hay una dificultad —nos dijo— y es que la gente de la casa es protestante vigorosa, y Luisita es católica. Pero yo les he hecho una pintura tan ventajosa que espero no desecharán aya tan excelente por esta causa. Dentro de dos días he de llevar a nuestra Luisa a comer con la dicha familia para que formen juicio de sus talentos y modales, y, si ustedes no tienen reparo —estábamos unidos el médico, su hermana y yo para consultar sobre este punto—, veremos cómo se concluye este negocio. Por mi parte estoy persuadida de que Luisa no pudiera estar en mejores manos. Es una familia muy devota, y casi todos sus amigos son clérigos de la misma clase, dados a la mística.

Powell, que sabía muy bien mis opiniones, me dio una guiñada a escondidas de la buena señora. Pero ni él ni yo nos opusimos, supuesto que, aunque existía mucha hipocresía bajo esta capa de santidad, también se hallan entre esta clase personas sinceras y honradas, llenas, no hay duda, de preocupaciones que hacen que su trato sea difícil y no muy agradable, pero que al mismo tiempo merecen la estimación de las gentes de bien.

No creo que será fuera de propósito hacer una pintura general de la clase numerosa llamada en Inglaterra de *santos*. Estas gentes creen que tienen trato más íntimo con Dios que los demás mortales y, como es natural, se creen por esta razón superiores a los que no pertenecen a su clase. Ningún hombre o mujer es reconocido por verdadero devoto a no haber tenido un llamamiento particular a este estado. Los verdaderos *evangélicos* deben saber el día y la hora en que la Gracia los convirtió, el instante en que nacieron de nuevo. Este paso espiritual es acompañado de mortales congojas. El *parturiente* se halla en un estado de desesperación que nada puede consolar; el infierno se le presenta abierto para devorarlo, y ya se cree en las garras de Satanás, cuando he aquí que un rayo de luz invisible le penetra el alma, y en un instante se siente libre de todo pecado, seguro del cielo y tan inocente como el infante recién bautizado.

El origen de esta ilusión es el de todo género de entusiasmo religioso: una imaginación vehemente, un juicio débil y una predisposición natural a creer lo que halaga el amor propio. No hay método más seguro para obtener importancia entre una multitud de gentes que el de hacerse *santos* de profesión. Familia de una clase decente pero con pocos medios, mujeres de esta misma clase con quienes la naturaleza no ha sido pródiga de atractivos o a quienes la fortuna ha contrariado en sus afectos, frecuentemente recurren al *Evangelismo* por consuelo. Si una mujer entremetida y bulliciosa pierde las esperanzas de casarse, si el espejo le dice claramente que la naturaleza la ha condenado a virginidad perpetua fuera del claustro, hágase evangélica y pronto se hallará llena de importancia e influjo. Como si tuviese comisión del cielo para corregir a los demás mortales, se presentará, sin ser introducida, a familias de buena condición y pasta, ya pidiendo contribuciones para la Sociedad Bíblica (asociación riquísima que imprime una infinidad de Biblias en todas las lenguas, pero que pocos leen) o para otros objetos más o menos benéficos. La *Comunión de los Santos*, en Inglaterra, es un mundo de por sí que produce una gran variedad de ventajas a los que viven en él. Tal es la manía de las buenas gentes, que los menestrales y mercaderes profesan en ella para ser preferidos en sus diversos tráficos por los santos adinerados. Por supuesto que esta clase no carece de placeres, aunque declama contra el mundo y sus vanidades. Partidas que llaman de *Fe* y *Biblia* son muy generales entre los evangélicos; y en estas reuniones, que describiré en lugar más oportuno, hay santísimos cortejos y enamoramientos espirituales. Pero lo más notable es el tino de los clérigos evangélicos en pescar las muchachas más bonitas y acaudaladas de su misma clase. Es verdad que todo esto es de resultas de un celo ardiente por la gloria de la religión y sin relación alguna con su interés propio, pero, como somos de carne y sangre, no es posible que vivamos sin someternos algún tanto a sus inclinaciones. Por lo demás, es de notar que todas estas gentes son *serviles* en política e intolerantes en religión. En el Parlamento tienen un partido fuerte que se empeña constantemente en convertir sus ideas religiosas en leyes del reino.

Acompañando a la señora Christian y a Luisa, fui a ver a la familia de Chub, en la cual se trataba de colocar a nuestra ahijada. Los que no hayan observado las variedades de la nación inglesa apenas creerán que en un pueblo tan adelantado se encuentre la estupidez, la estólida vanidad, el grosero egoísmo que forman el carácter de ciertas gentes. Chub, el padre, había sido corredor de lonja, o por mejor decir, corredor de los fondos, que esta clase de gentes de pueblo convierte en una especie de lotería o, más bien, juego de azar, que durante la guerra con Francia enriqueció y arruinó a muchos. El juego consiste en adivinar si dentro de un cierto número de días los fondos o seguridades del gobierno subirán o bajarán de valor. Por medio de los corredores, cualquiera que se halla dispuesto a aventurar su dinero hace una compra imaginaría de fondos al precio corriente en aquel día, obligándose a pagar en otro día, estipulada la misma suma imaginaria, al precio corriente entonces. Todo lo cual se reduce a pagar la diferencia de la suma según los dos precios. Esta lotería causaba el mayor entusiasmo durante los años en que la suerte de las armas beligerantes estaba expuesta a oscilaciones perpetuas. Las resultas morales fueron malísimas: el deseo de ganancias cegó a muchos que, a no ser por esta tentación, hubieran pasado la vida sin tacha, de modo que inventaban y manejaban los medios más fraudulentos de hacer bajar y subir los precios de los fondos.

Mister Chub tuvo buena suerte en sus especulaciones y en pocos años se encontró rico e independiente de su industria personal. Su mujer, de baja extracción y maleducada, se creyó obligada a imitar, a su manera, las gentes de moda. Tenían tres hijas y un hijo, la mayor de trece o catorce años, y el muchacho, que era el menor de la familia, nueve. Padre y madre eran pequeños de estatura, de facciones vulgares y de modales poco superiores a los de los criados que empleaban. La familia menuda eran miniaturas de los padres, con la diferencia de que, hallándose en tierna edad tratados como gente de importancia, habían cobrado un orgullo grosero e intolerable. El muchacho era un pequeño bruto, glotón, malicioso, ingobernable e incapaz de aprender cosa alguna. Éste era el favorito.

Pero esta preciosa familia estaba gobernada por un santo de calibre, el reverendo Ezequiel Paunek o *Panza*, como diríamos en castellano. La Luna pintada de bermellón le podría servir de retrato. El nombre Panza correspondía exactamente a su corpulencia. En una palabra: el director y los dirigidos formaban un cuadro sin igual. Pero ¿quién podrá describir la viveza, los donaires y el carácter juguetón de este profundo teólogo cuando, desnudándose de su grandeza profesional, condescendía (y lo hacía constantemente) en ser el gracioso de la familia Chub? La casa se venía abajo con las risotadas, y los vecinos, a no estar acostumbrados, hubieran dudado si el ruido lo causaban animales de dos pies o de cuatro con orejas de más de palmo. Los españoles que se acuerdan de aquellos tiempos en que entre los frailes había uno o dos coristas graciosos que, visitando en la vecindad, particularmente las casas en que abundaba el género femenino, se levantaban las faldas del hábito hasta media pierna, tomaban la guitarra y, habiendo cantado una o dos coplitas, con varias ojeadas y otros ademanes a que las niñas respondían a media voz «¡Qué malo es usted!», tales españoles podrán, con poca variación, hacerse una pintura de nuestro reverendo Ezequiel Paunch. Es verdad que su aire era más reposado que el de los dichos coristas, y que las muchachas Chubs eran todavía demasiado jóvenes, pero la madre que, a los cincuenta años no se veía demasiado vieja para hacer impresión, tenía algunas veces que explicar la conducta del santo varón por la regla infalible de los Evangelios rigorosos, que dice que todos somos igualmente pecadores y que lo que los cristianos ignorantes y no *vencidos* llaman virtudes y buenas obras son *como trapos sucios* a los ojos de Dios. «¡Es cosa extraña —decía Mistres Chub entre sí— que cuando este siervo del señor está a solas conmigo parece enteramente un ángel y en otras ocasiones, cuando hay visitas, especialmente cuando Mister Rollikin está aquí, se parece tanto a los hombres del mundo!»

Llegó por fin la tarde que tenía yo que acompañar a la señora Christian y a Luisita a tomar té con los Chubs, a fin de que determinasen si la habían de recibir o no. Cuando la fuerza de la verdad me obliga a mostrar los defectos generales de cierta clase, ¡cuánto me alegraría de poner por contraste la pintura de esta excelente mujer! Los que son como ella, y en verdad que hay muchas en este país, se pueden poner por modelos de su sexo. Pero mi objeto es presentar las cosas más notables, y, por desgracia, éstas son generalmente no las mejores.

El reverendo Ezequiel había sido convidado a comer con los Chubs como la persona más importante en cuanto a la elección de un aya. Él solo podría sosegar la conciencia del padre y de la madre y aun de las niñas en cuanto a si sería pecado o no tener un aya católica. No hay duda que en otro cualquier caso la propuesta hubiera sido desechada al momento. Pero Luisita era muy joven, y tal vez había proporción de convertirla.

A la caída del Sol llegamos a la casa y, como el tiempo era templado, hallamos a la familia, al gran Ezequiel y a Miss Rollikin en el pequeño jardín que formaba el fondo de la casa. La señora Chub, a pesar de su santidad, estaba vestida con un lujo extravagante. El vestido de seda era de los más costosos, y se oía crujir a veinte pasos de distancia. De la escofieta de holán y encaje finísimo le colgaban más cintas que banderolas tiene un navío de guerra en día de gala. Las niñas parecían muñecas, tan estiradas y sin movimiento desde el instante en que entramos que un extraño podía creer que eran figurones de jardín. El muchacho nos vino a examinar con la boca abierta, como si fuésemos bestias feroces de las que aquí se enseñan en las ferias. Miss Rollikin era, en su propia opinión, la única persona elegante y de gusto en tal sociedad. Es cierto que estaba mejor vestida, aunque el vestido era no muy abundante hacia el cuello. Difícil sería el dar razón de esta desnudez en una persona dirigida espiritualmente por el reverendo Ezequiel. Algunas personas piadosas lo explicaban diciendo que Miss Rollikin estaba todavía en la niñez, pues solo tenía dieciocho años y manifestaba tanta inocencia en sus juegos con personas de otro sexo que sus parientes la vestían algún tanto a lo infantil, con aprobación, por supuesto, del sabio y prudente director.

Del Chub papá no hay que decir sino que era un buen hombre a su manera, no muy agradable en sus modales, que con grande horror de su elegantísima mujer fumaba su pipa cada día después de almorzar y de comer. En esta ocupación se hallaba empleado cuando entramos. Su mujer, al adelantarse a recibirnos, le dio un tirón de tan buena gana que le hizo caer la pipa al suelo, donde se hizo pedazos.

—¡Vive Dios, mujer mía —exclamó el buen hombre, con mejor humor que podía esperarse—, vive Dios que...!

—¡Oh, papá, papá —gritaron las muchachas—, no jure usted el santo nombre en vano!

—¿No, te da vergüenza —prosiguió Mistres Chub— de manifestar tu impiedad delante de la gente?

Ezequiel, que tal vez hubiera predicado un sermoncito en esta ocasión, no dijo palabra porque estaba del todo empleado en examinar la persona de Luisita, a quien se había acercado.

Pasados los primeros cumplimientos, entramos en la sala principal y, habiendo un criado traído luces, nos sentamos esperando el té.

—Permita usted —me dijo la señora Chub— que mis hijas se acerquen a verlo, y luego tendrán la satisfacción de ver con sus propios ojos una española en esa niña.

—¡Oh, mamá —dijo la muchacha mayor—, no me engañe usted! ¿Es posible que este señor sea español? No lo creo. Mi libro de geografía tiene una pintura que no se le parece en nada.

—¿Qué ha hecho usted de su trabuco? —me preguntó, mirándome de frente.

Iba yo a responderle cuando, dando un chillido, exclamó:

—¡Ay, mamá, si me matará este hombre con el cuchillo que dice el libro que todos los españoles llevan oculto!

—¡Calla, tonta! —dijo la madre—. Yo no me fiaría, a decir verdad, de este señor en su tierra, pero, gracias a Dios, aquí tenemos un gobierno cristiano que castiga a los malhechores.

—Pues ¿qué? —contesté yo—, ¿piensa usted que yo he nacido entre turcos?

—¡Oh, no, turcos no del todo, pero idólatras, que es lo mismo!

—No tanto —interrumpió el reverendo Ezequiel, que había estado diciendo mil cosas graciosas, si habíamos de juzgar con la risa con que las acompañaba, al oído de Luisita—; los españoles no son enteramente turcos, aunque descienden de los gentiles que se establecieron allí poco después del diluvio.

La señora Christian, que había callado hasta entonces y que era demasiado instruida para tolerar tales sandeces, dijo con voz pausada:

—En cuanto a eso, Mister Paunch, todos somos descendientes de gentiles.

—¡No lo permita Dios! —dijo la señora Chub, cubriéndose los ojos con las manos.

—¡La Biblia, la Biblia —dijo Ezequiel— terminará toda disputa!

Al decir esto, todas las muchachas corrieron a una mesa donde estaba una Biblia en folio, cubierta con paño verde, y, tomándola entre todas sin dejar a Benjamín, el muchacho travieso, que ayudase a llevarla, vino el pesado volumen, no al suelo, sino perpendicularmente sobre las uñas del pie derecho del joven, quien lanzó un berrido que pudiera pasar por el de un becerro. Furioso y no acostumbrado a obedecer a nadie, pues era el favorito de la señora Chub, empezó a descargar patadas sobre sus hermanas, quienes, huyendo como un bando de palomos silvestres a refugiarse en su madre para escapar de la furia del milano que había ya comenzado a emplear en ellas sus uñas, dieron contra la mesa redonda cubierta con tazas, platos, tetera, azucarero y, lo que es peor, la urna de agua hirviendo que silbaba como un barco de vapor al levantar el ancla. Un torrente de agua capaz de pelar un marrano se dirigió al lado en que el Chub padre se hallaba medio dormido en una silla poltrona; y aunque por fortuna el agua se estancó en la alfombra antes de escaldarle los pies, le salpicó tan abundantemente las piernas, que no tenían más defensa que las medias de seda, que, echando más maldiciones que un soldado borracho, rompió por el grupo de su mujer e hijas arrojando a tierra, o más bien al agua, que había formado una pequeña laguna, a dos de las niñas, quienes, por supuesto, unieron sus llantos al concierto general que nos aturdía. Miss Rollikin, que era una masa de sensibilidad, hizo la desmayada echándose de repente sobre el sofá. El reverendo Ezequiel corrió a asistirla. El lacayo con las criadas entraron tumultuariamente en la sala, pensando que el fuego de la chimenea se había comunicado a las enaguas de algunas de las señoras, accidente bastante común en Inglaterra.

Nosotros, que, desde el principio de la tormenta, nos habíamos acogido a un rincón hacia los pies de la sala no sabiendo a quién dar auxilio, tuvimos tiempo bastante de observar la escena ridícula que se presentaba a nuestros ojos. La señora Christian, acostumbrada a gobernarse a sí misma, se mantuvo seria y aún hizo ademán de ir a socorrer a Miss Rollikin, pero Ezequiel no le permitió acercarse. Yo no podía contener la risa, y la pobre Luisita estaba a punto de dar suelta a la suya, aumentando la mía al mirar los esfuerzos y contorsiones con que esperaba contenerla. En un instante desgraciado, la Rollikin, que estaba luchando en su convulsión con el reverendo, le dio un bofetón tan intempestivo que en un momento le quitó de la cabeza una peluca muy disimulada que le ocultaba la calva. A esto, la pobre Luisa, con su viveza española, no pudo contenerse y rompió en tal risa que llamó la atención de todos. Al observar este descomedimiento, todos recobraron el aire de dignidad grotesca que les era natural, a excepción del muchacho Benjamín, el cual, apoderándose de la peluca se la puso al revés y salió corriendo, perseguido del avergonzado clérigo galán, de quien la Rollikin recobrada enteramente y como por encanto de su alferecía, se estaba riendo a carcajadas. Todo era confusión en este nuevo campo de Agramante cuando, en vez de tratar de calmarla, el Chub padre la empezó tomando un bastón y jurando que había de romper una costilla, por lo menos, al muchacho.

—¡Vive el cielo, que este demonio de niño no me deja tomar alimento en paz! Mi estómago no puede aguantar más la falta del té y las tostadas, y he aquí que tendremos que aguardar tres cuartos de hora más. ¡Que me emplumen si no me la pagará!

Iba a salir, cuando su mujer le echó sobre los hombros la enorme masa de carne de que se componía su albondigada persona, gritando:

—¡Monstruo, caníbal, Holofernes, bruto! ¿Quieres matarme a mi ángel, a mi Benjamín? ¡Antes te sacaré los ojos, salvaje, que no mereces tal hijo y en tenerlo creo que hay algún milagro!

Por fortuna del milagroso padre Chub, las muchachas se pusieron de por medio y, pellizcando al padre y echándose sobre la madre, a quien su corpulencia tenía casi sin respiración, lo separaron a tiempo que el reverendo volvía, con su calva al aire, habiendo dado la caza del muchacho por perdida.

Confusos por demás estábamos los tres convidados, cuando, recobrándose un poco, el ama de la casa nos dijo:

—Me avergüenzo de que ustedes hayan visto cómo el pecado puede tomar por sorpresa aún en los que están confirmados en gracia como nosotros.

—No hable usted disparates, señora —exclamó Ezequiel—; el pecado nos puede perturbar por algunos instantes, pero es imposible que nos domine y avasalle. Los que tienen fe verdadera como nosotros no pueden pecar. Tengamos compasión de los verdaderos pecadores que nos oyen y tratemos de implorar al cielo en su favor. Oremos.

Y, echándose de rodillas junto a la mesa, que aún estaba en pie, empezó una oración *de repente*, ejercicio espiritual en que lo miraban sus discípulos como sin igual y totalmente inspirado. El Chub padre salió de la sala gruñendo, a ver si se podía comer las tostadas en la cocina. La señora Christian se lanzó de rodillas por no irritar más a aquella cuadrilla de insensatos. Luisa y yo nos quedamos sentados, en tanto que el Tartuffe inglés, con las manos cruzadas, ora cerrando los ojos, ora levantándolos al techo, ensartaba una fila interminable de frases sin sentido, a no ser cuando se proponía insultarnos con achaque de pedir a Dios por las almas perdidas de los incrédulos.

Acabada que fue esta letanía, los santos y santitos se levantaron más pacíficos y contentos, dando manifiestas señales de impaciencia por el té. Vino éste al cabo; y, en el entretanto que los de la familia arreglaban sus estómagos con la bebida favorita, se tocó de paso el asunto por cuya causa habíamos venido. Yo no sé si el devoto Ezequiel conservaba aún sus intenciones de convertir a Luisita o se había resuelto a dedicarse enteramente a Miss Rollikin haciéndola subir hasta la perfección de la vía unitiva. Lo que sé de cierto es que Luisa me había dicho al oído que antes se dedicaría a la costura y viviría a pan y agua que emplearse en instruir esta cría de asnos bajo la dirección de un hipócrita odioso. La señora Christian, convencida de que Luisa no podía tener sosiego ni seguridad en aquella casa, dio a entender, con su acostumbrada dulzura, que el genio del muchacho era demasiado violento para encomendarlo a una joven tan tierna.

—No tema usted —dijo con desdén la Chub— que yo ponga mi angelito en manos de su española de usted, que, a pesar de su juventud, echa fuego por los ojos. Dios me perdone si hago un mal juicio, pero juraría que esa niña lleva consigo un puñal español, como dicen los libros de astrología.

—*Geografía*, mamá —exclamó la muchacha mayor.

—Geografía o teología o cualquiera de esas logias de que hablan las gentes, lo cierto es lo cierto, y yo sé lo que me digo.

—Está muy bien —dije yo—. La señorita Bustamante, por su parte, no se siente dispuesta a quedarse aquí; y, con licencia de usted, señora, nos retiraremos.

—Cuando ustedes gusten. Pero, supuesto que la Providencia ha traído a ustedes dos, que son idólatras, a esta casa en que habita la luz del cielo, les daré a ustedes media docena de trataditos contra la Ramera de Babilonia. Es una obrita admirable que el *Tract Society*[1] distribuye con mucha actividad, y espera que en pocos años no dejará un católico sobre la haz de la tierra. No se sonrían ustedes; si ustedes tuvieran experiencia del poder del *Espíritu* no dudarían del triunfo próximo que esperamos contra el Demonio, el Mundo y la Carne. Dios tenga misericordia de ustedes Me da pena de

1   Ésta es una de las muchas sociedades espirituales en que los ingleses de cierta clase que no es posible describir, pero que, a la que por consentimiento general de los que la conocen prácticamente se da el nombre de John Bull (Juan Toro), como si fuese una sola persona, gastan su dinero con el mayor placer, cogiendo por punto una alta opinión de su propia importancia. Esta sociedad imprime en varias lenguas una multitud de libretillas (*Tracts*) y las envía a varias partes del mundo con la esperanza, o más bien certeza, de salvar millones de almas, que, sin estos libritos se sumergirían en el infierno. Miles de estos trataditos se estampan y pudren en otras partes del mundo sin que nadie los lea. Lo mismo sucede con las Biblias, pero entre tanto los impresores devotos han hecho considerables ganancias, y un número inmenso de dependientes (santos, por supuesto) tienen casas y buenos salarios. (N. del A.)

dejarlos ir por el camino que lleva al fuego eterno; pero los que no están predestinados no pueden ser salvos.

—Por fortuna —dije yo— Dios no le ha pedido a usted parecer sobre este punto, y, a decir verdad, un consuelo nos queda, y es que, si ustedes dicen verdad, no nos encontraremos en la otra vida.

—¡Qué impiedad! —exclamó el gran Ezequiel.

Yo, sin parar la atención en su impertinencia, tomé a mis dos compañeras del brazo y salimos a la calle contentos de habernos separado de estos solemnes majaderos para siempre jamás.

Capítulo III. Nueva perspectiva. Suceso desgraciado. Otros amigos

Aunque no satisfechos con las resultas de nuestra expedición, teníamos el consuelo de haber roto de una vez con unas gentes que no eran capaces de hacer feliz a nuestra amiguita. Pero los medios de mantenerla escaseaban, al paso que el verse dependiente de la caridad de otros le era una causa continua de inquietud. No hay duda que nos amaba como si fuésemos sus padres; pero un alma tan noble y elevada como la de Luisa de Bustamante no podía tolerar el que otros se privasen por su causa de lo que pudieran emplear en satisfacer sus deseos. Por probar fortuna, pusimos *avisos* en los papeles públicos. Tuvimos algunas respuestas, pero hallamos que, por lo general, las gentes quieren obtener las mayores ventajas a costa de otros.

Casi estábamos sin esperanzas, cuando Mister Powell, en cuya casa, desde que Luisa quedó huérfana, había sido tratada como hija propia, volvió un día con semblante alegre diciendo que tenía esperanzas de acomodar a su hija adoptiva de un modo muy favorable a ella, aunque muy penoso para los que tanto la amaban.

Este hombre, excelente y habilísimo médico, había sido llamado a visitar a la señora de una familia escocesa que, no obstante que se hallaba en cinta, tenía que embarcarse dentro de pocos días para Calcuta, en las Indias Orientales. Su marido, el coronel Macdonald, se veía obligado a seguir su regimiento y ni él tenía resolución para dejar a su mujer a tan gran distancia en circunstancias tan críticas, ni ella valor para separarse de su esposo, a quien ardientemente amaba. La señora Macdonald se hallaba indispuesta, y, como Mister Powell tenía fama de poseer un profundo conocimiento de las enfermedades relativas al estado en que se hallaba aquella señora, la había visitado diariamente por más de dos semanas, en cuyo espacio su gran talento y su gran bondad de corazón le habían ganado el de la familia. Habíanle comunicado todas sus circunstancias y, en el discurso de tales conversaciones, le dijeron que habían tratado de llevar consigo una joven bien educada que sirviese de compañera a la señora Macdonald. Nuestro buen médico creyó que oía una voz del cielo y, sin más tardanza, trajo a su Luisita a que viese y fuese vista. No era menester mucho para agradarse mutuamente, pues la señora Macdonald era en extremo amable y entendida, y de Luisa hemos dicho lo bastante para que los lectores crean que su vista y trato cautivaría a cualquiera que pudiese juzgar de su carácter y talentos. Pronto se hicieron amigas. Mas, a pesar de las ventajas visibles que este plan tenía en sí, Luisa sentía una pena mortal en la separación de los amigos que dejaba en Inglaterra, y a nosotros nos quedaba una melancolía inconsolable. Pero, como era por bien de nuestra querida amiga, todo lo llevamos con paciencia.

Varias preparaciones eran necesarias para viaje tan largo y ausencia tan dilatada como esperábamos. Se hicieron con toda la prontitud posible, y, al cabo de quince días, fuimos todos a despedirnos de Luisita a bordo del *Madrás*, buque de mil trescientas cincuenta toneladas, y uno de los mayores y mejor acondicionados de la Compañía de Indias. Los que no han visto esta clase de buques no pueden concebir una idea clara de la hermosura de su construcción, de la amplitud de las cámaras en que se aposentan los pasajeros, de su limpieza, de la elegancia de los muebles, y del trato que reciben, durante un viaje de cuatro o cinco meses, las familias que toman pasaje en ellos. Cada uno de estos buques, casi más que los navíos de línea, es un pequeño mundo. Familias enteras con varios niños se hallan allí como si estuvieran en una posada grandiosa en tierra. Todas las provisiones son frescas, para lo cual llevan a bordo vacas y carneros, gallinas y otros animales de esta clase. Jamás falta leche para el té y otros varios usos. Cada día se cuece para los pasajeros y oficiales. Los niños y sus ayas tienen comida aparte, y las señoras y caballeros, a no ser en tiempo muy tempestuoso, disfrutan de los placeres de la mesa y de la sociedad como si se hallaran en un palacio. Todo esto apenas basta para aliviar el tedio de una navegación tan larga, especialmente la de Europa a las Indias Orientales, pues, a causa de los vientos constantes de ciertas latitudes, los buques no hacen escala alguna y apenas ven tierra hasta el fin del viaje. De la multitud que estos buques encierran, se podrá formar una idea por la lista de los que iban en el *Madrás*. Tenía a su bordo 20 oficiales, 344 soldados del Regimiento número 31, 45 mujeres y 66 niños de los soldados, 20 pasajeros y una tripulación de 148 hombres inclusos los oficiales de Marina. En todo, 641 personas.

La magnitud de los preparativos para estos viajes, la esperanza de ver tierras distantes, en que la naturaleza hace alarde de sus más espléndidos tesoros y en que la sociedad humana manifiesta los contrastes más extraordinarios en la variedad de razas, religiones, de usos y costumbres, exaltan la imaginación de los jóvenes al principio del viaje. Pero la melancolía oscurece estos falsos rayos de luz y gravita como una nube sobre los que tienen que dejar lo que más aman en un país conocido y aventurarse en busca de una felicidad incierta a tal distancia que aun el consuelo de recibir cartas se desvanece con el temor de que el día en que la carta se escribió y aquel en que es leída mil acontecimientos funestos pueden haber sobrevenido. Aunque los ingleses, por sus circunstancias marítimas, están familiarizados con la idea de largos y peligrosos viajes, y cada familia es como un nido que queda desierto al punto que los pájaros se han cubierto de plumas, no obstante esto, hasta la gente común se conmueve cuando ve embarcarse tropas y otras gentes que parten para las colonias más distantes, cuales son las Indias Orientales y la Nueva Holanda. No ha mucho que un joven oficial marchaba desde los cuarteles de Chatam a Grenwich, con cerca de doscientos reclutas, a embarcarse para Bombay; por todo el camino, hasta los rústicos que los encontraban se quitaban el sombrero, usando las palabras más expresivas que tiene la lengua inglesa: «Dios os bendiga»; expresiones que, como el oficial mismo lo aseguró, le hacían saltar las lágrimas a los ojos.

Nuestra despedida fue dolorosa. Nuestro afecto a Luisa había crecido en extremo. La señora Christian, la hermana de Mister Powell, este excelente hombre, y yo, todos parecíamos dolientes en el entierro de una prenda querida. Y, en medio de la perspectiva más halagüeña, el corazón nos anunciaba desastres.

Diose al fin la señal para que las cubiertas se despejaran de los que no pertenecían al buque y se dio el último adiós. El majestuoso bajel desplegó sus velas y empezó a surcar las aguas. El grupo de los que se habían despedido a bordo se mantuvo cosa de media hora sobre la orilla, ondeando los pañuelos que apenas podían quitarse de los ojos y mirando atentamente los que ondeaban en respuesta desde el navío. Un torno del río cubrió poco a poco la nave, y los padres, las queridas esposas, los tiernos amigos que le habían confiado sus prendas más preciosas, dando curso a las lágrimas, se dispersaron desconsolados, sin saber si acaso las volverían a estrechar entre sus brazos.

De lo que pasó a bordo del *Madrás* he recogido las siguientes noticias, ya oyéndolas de boca de varios de los que allí se hallaron, ya por cartas de mi ahijada Luisa de Bustamante.

Un viento favorable había hecho deslizar alegremente al buque por el canal de la Mancha, deleitando a los navegantes con la vista de la costa de Inglaterra, que a la derecha les ofrecía la variedad más hermosa de perspectivas. El lujo y la riqueza de la Gran Bretaña ha adornado aquella costa de modo que, a cada momento, pueblos bellísimos, y aunque no tales en nombre, pero ciertamente en realidad *ciudades* que se han visto aparecer como por encanto, parecen correr hacia el navegante siguiéndose unas a otras. Yo vi, no ha muchos años, abrir los cimientos de las primeras casas del pueblo llamado San Leonardo (Saint Leonard), cerca de la antigua villa de Hastings. El sitio era falda de uno de los montes que coronan toda aquella costa, y, como tal, escabroso y desierto. Un arquitecto inglés lo habría comprado, con no menor intento que el de construir de un golpe una ciudad espléndida, confiado en el gusto que tienen los ingleses de pasar, unos el verano, otros el invierno, en la costa. Dos años después de haber visto los primeros cimientos de Saint Leonard, pasé dos o tres en la nueva población, que ya presentaba a la vista una multitud de casas bellísimas y, especialmente, un *hotel* o posada que, visto desde el mar, se pudiera creer que era el palacio de un príncipe.

Como casi todos los que salen para las colonias distantes han pasado algún tiempo en estos pueblos de la costa, no saben cómo saciar sus ojos en ellos entonces que los miran por la última vez. El tiempo, aunque todavía de invierno, pues el *Madrás*[2] pasó el canal a fines de febrero, era claro y sin lluvia.

---

2   Los sucesos principales de esta narración son verdaderos. El buque llamado aquí el *Madrás* fue el desgraciado *Kent*. Su infortunio acon-

Hasta el 23, en que nuestros navegantes perdieron de vista a su amada Inglaterra, todos los oficiales, pasajeros y señoras habían pasado la mejor parte del día en el espacioso alcázar del buque, bajando a la cámara solo para las comidas. Pero el día 28 por la tarde se levantó un temporal del sudoeste tan recio que obligó a la nave a dejar su rumbo, solo atendiendo a su seguridad. Arreció el viento toda la mañana siguiente, y, con gran fatiga de la tripulación, se recogieron todas las velas, quedándose con sola la gavia, reducida por tres andanas de rizos. El día 1.º de marzo, el viento y la marejada eran tan violentos que fue necesario cerrar las portas y correr cuerdas a lo largo del buque para asegurar a los soldados, cuya vida estaba en peligro a cada balance. Estos balances eran en extremo fuertes a causa de un pesadísimo cargamento de balas y bombas que hacían sumergirse el buque hasta esconder las cadenas mayores.

Como ni en las cámaras ni en las bodegas había nada seguro por más aferrado que se hallase, un oficial de Marina, deseando ver si algunos barriles de aguardiente se habían soltado y deshecho golpeando unos con otros, bajó con dos marineros llevando una lámpara de seguridad.[3] Por desgracia, apenas había bajado cuando fue necesario atizar la luz, para lo cual la dieron a otros marineros que estaban en la escotilla. En el entretanto, uno de los barriles empezó a rodar de modo que iba a estrellarse. Quiso el oficial sujetarlo, en tanto que con la otra mano tomaba la lámpara. En su azoramiento, la dejó caer, y, habiéndose al mismo instante estrellado el barril, la división de la cámara en que estaba fue anegada en un momento con el aguardiente, y, al contacto de

___

teció a primero de marzo de 1825, en el golfo de Vizcaya, en latitud 47° 30' y longitud de Greenwich 10°. (N. del A.)

3   Llámase en inglés *Safety-Camp* y construida de modo que no se puede comunicar la llama. (N. del A.)

la luz, se encendió formando una llama que ocupó toda la cubierta inferior. Empezaron unos a dirigir los caños de las bombas hacia el incendio, otros trajeron velas y cobertores mojados, con la intención de ahogarlo. Diose inmediatamente noticia al capitán, y los oficiales de Marina, no menos que los del Ejército, corrieron a asistir en dar las órdenes necesarias.

Por algún tiempo las señoras, que a causa de la tormenta estaban encerradas en la cámara mayor con los niños no supieron el nuevo peligro en que se hallaban. Pero cuando el fuego, extendiéndose al pozo de los cables, empezó a levantar nubes de humo negro y resinoso que salían por todas las escotillas, la consternación fue tan general que solo los niños más pequeños quedaron ignorantes de su peligro inevitable.

Con una presencia de ánimo extraordinaria, el capitán dio órdenes de que se abriesen las portas y se dejase entrar el agua, porque aunque el peligro de irse a fondo era tan inevitable como el de la explosión del almacén de pólvora, el sumergirse emplearía más tiempo que el volarse, pues alrededor del almacén de pólvora se hallaban muchos barriles de la provisión de agua, y la del mar, que entró al abrir las portas, era en tan gran cantidad que los que habían ejecutado esta operación peligrosa la sentían a la altura de las rodillas en la segunda cubierta. El navío, anegado de esta manera, empezó a cabecear como para hundirse, en tanto que no tenía otro movimiento que el que le daban las olas. Con muchísima dificultad y riesgo se logró el cerrar otra vez las escotillas. Entre cubiertas no quedó nadie, sino los cuerpos de un número considerable de enfermos, mujeres y niños, que no habían podido escapar a la inundación o habían sido sofocados por el humo.

A este tiempo, presentaba la cubierta una escena que apenas puede pintarse. Aglomeradas hacia la popa, y huyendo del humo y calor de la proa, se veían de seiscientas a setecientas personas, muchas de ellas en un estado de total desnudez, como habían escapado de los entrepuentes. Habíase hecho cuanto las circunstancias permitían, y no quedaba más que esperar la muerte en total inacción. En el ardor de una batalla solo los muy tímidos tienen tiempo de pensar en su propio riesgo, pero, en la situación de estos pobres navegantes, era imposible que la imagen de la muerte no los atemorizase a cada instante. La conducta de cada cual fue según su carácter natural y la educación moral que había recibido. Varias personas, tanto hombres como mujeres, casi enloquecidas por el terror, clamaban, lloraban y se encomendaban al cielo a voces, haciendo votos y plegarias según la religión de cada uno. Pero es de notar que este total abatimiento se vio rarísima vez entre las gentes de educación. La que reciben entre los ingleses las clases superiores (no hablo de la educación que consiste en leer, sino de la que nos acostumbra a pensar y sentir de cierta manera, de la que establece la superioridad de la razón sobre los afectos y sentimientos), esta educación práctica, es generalmente muy buena. Las señoras se acostumbran desde niñas a mirar con desprecio los gritos y aspavientos que son tan comunes entre las mujeres de otros países. Los ejemplos de fortaleza femenil que se vieron a bordo del *Madrás* podrían honrar las historias de Grecia y Roma. Los testigos de vista aseguran que, en los momentos más terribles de esta gran desgracia, cuando no aparecía ni aun el más remoto indicio de escape, las más de las pasajeras continuaban sentadas, sin ademanes, ni alaridos, las madres abrazando tiernamente a sus hijos, algunos de los cuales eran tan pequeños que no conocían su propio peligro. Con vergüenza de los hombres de valor, se veían algunos de los soldados llenos del más vil temor y algunos de los marineros que se habían dado prisa a emborracharse para no temer la muerte. Un grupo de marineros de verdadero temple inglés se sentaron sobre la parte de la cubierta que correspondía al almacén de pólvora, diciendo tranquilamente que allí estaban seguros de morir con prontitud.

Pero no nos olvidemos de nuestra Luisita. El espíritu que manifestó desde su niñez no se desmintió en esta ocasión terrible. La señora, su amiga, había apenas salido de la cuarentena cuando se embarcó. El delicado infante parecía en los brazos de su madre una tierna flor que, apenas ha despuntado del suelo nativo, es sobrecogida de una furiosa granizada que a cada instante amenaza quebrar su tallo. La desconsolada pero firme madre lo apretaba inadvertidamente al pecho a cada movimiento del buque y a cada bramido del viento. Luisa, los ojos brillantes con las lágrimas que asomaban sin correr por las mejillas, estrechaba con una mano la de su amiga y con la otra parecía querer abrigar al niño y defenderlo del soplo violento y frío del furioso huracán. Más de media hora duró esta penosa incertidumbre entre una muerte que estaba a la vista y la esperanza remotísima de salvamento que la naturaleza mantiene en todos hasta el instante de expirar.

Antes por ocuparse en algo que con la expectación de descubrir algún buque a lo lejos, el capitán mandó a un marinero que subiese a la gavia con el anteojo. Varios de entre los desconsolados pasajeros tuvieron valor de dirigir su vista a donde se había apostado el marinero. Otros no querían dar alas a su esperanza, temiendo el dolor de verla frustrada, y parecían no prestarle la menor atención, aunque, en verdad, tenían el alma concentrada en el oído por saber lo que diría.

¡Oh, cielos! ¡Qué gozo!

—¡Vela a sotavento! —gritó el marinero.

Mientras que los oficiales principales subían a ver el buque que se presentaba en el horizonte, mientras que se averiguaba si el pequeño bajel (un bergantín de doscientas toneladas) podía y quería exponerse al riesgo de dar socorro a un grandísimo navío que estaba para volarse a cada instante, la congoja de los infelices a bordo del *Madrás* antes se puede concebir que expresar. Hiciéronse las señales de desastre y empezáronse a disparar cañonazos de minuto en minuto para pedir socorro. Mas no pasaron muchos instantes sin que se viera que el bergantín viraba hacia el buque incendiado, pues, como se averiguó después, las nubes de humo que exhalaba habían dado al bergantín anticipada noticia del inminente peligro.

Aquí fue el ver la mezcla de esperanzas y temores que se manifestó a una entre la multitud que la muerte no podía menos de diezmar. El bergantín no podía acercarse por miedo de la explosión del *Madrás*, que, con más o menos tardanza, era inevitable. Los que habían de escapar tenían que aventurarse poco a poco en los botes del buque. Mas echarlos al agua, en una marejada tan violenta que, cuando las dos embarcaciones se hallaban en los huecos formados a un lado y otro de una hilera de olas, el *Cambria* (así se llamaba el bergantín) perdía de vista al enorme *Madrás*, era cosa de mucho riesgo y muy dudoso éxito. Pero, en tales casos, la disciplina militar y naval de los ingleses es incomparable. Un corto número de oficiales basta a contener el ímpetu de una multitud de soldados y marineros. La maniobra de alijar el *cutter* (el mayor de los tres o cuatro botes de a bordo) se comenzó con el mayor orden y presencia de ánimo. El comandante militar colocó cerca del bote cuatro oficiales con las espadas desnudas, dándoles orden de atravesar a cualquiera que se quisiese arrojar fuera de su turno. Las señoras con sus niños habían de salir primero; después las mujeres de los soldados con sus pequeñuelos, luego los soldados y marineros y, últimamente, los oficiales en orden de funeral, es decir, los de grado inferior precediendo a los de grado superior y dejando a éstos el puesto de mayor peligro.

No se dilató el momento angustioso de colgar el bote en los ganchos del aparejo por medio del cual, cargado con las más de las señoras y sus hijos, con un oficial que lo mandase y un número suficiente de remeros, empezó a descolgarse lentamente hacia las furiosas olas que parecían empeñadas en devorarlo. Para precaver el riesgo de que, trabándose los cables, tomase una dirección vertical y arrojase su animada carga al mar, se pusieron dos marineros experimentados con machetes junto a los cabos principales, con orden de cortarlos si el capitán lo creyese necesario. Embarazóse uno de los motones y, no dejando correr las cuerdas, llegó la proa del cutter a tocar las olas antes de que la popa bajase igualmente; y se vio, con el mayor horror, que las pobres señoras que no estaban, como las más lo habían sido, estivadas bajo los bancos, apenas podían mantenerse sin caer al agua. Si la buena fortuna no hubiera traído una ola furiosa que levantó la proa y, aligerando el aparejo de popa, desenganchó el bote, todos los que estaban en él hubieran perecido en un momento. Los padres, los esposos, que se quedaban en el buque incendiado, miraban la frágil barca subir y descender con las enfurecidas olas como si quisiesen impelerla con sus ojos. Pero la distancia era tal, por miedo del incendio, que el bote tardó veinte minutos en ponerse a la borda del *Cambria*. Aferrarse a él era imposible sin astillar el bote, combatido como lo estaba por la marejada. Pero había a bordo de treinta a cuarenta mineros, hombres forzudos del condado de Cornwallis, que iban a México empleados por una de las compañías de minas de aquel país. Con la mayor prontitud se colocaron en las cadenas de las jarcias y, sosteniéndose con la mano izquierda, esperaban, confiados en su gran fuerza, que los del bote, valiéndose de la oportunidad de las olas, saltasen hacia ellos. Las pobres mujeres, aun las más tímidas, tenían ánimo para este aventurado salto de que dependía su vida. El primero que se salvó del peligro inminente fue el tierno infante hijo de la señora Macdonald. La última que dejó la peligrosa barca fue nuestra Luisa Bustamante, que, como por milagro, se hallaba en ella. Cómo se salvó del *Madrás* no se puede pasar en silencio.

Ya iba a alejarse el cutter cuando un joven oficial del Regimiento treinta y uno la sacó casi por fuerza de la carroza de la cámara, gritando a los del bote y llamando repetidamente al coronel Macdonald, quien, desconsolado al ver a su mujer y a su hijo en tan inminente riesgo, aunque en vía de salvación, no se movía de a bordo del bajel, de que el bote se iba ya a separar. Macdonald y su esposa, en medio de tan grande confusión y prisa, no habían echado de menos a Luisita o suponían que estaba empaquetada en el fondo del cutter. Al verla expuesta a quedarse en el buque hasta al vuelta del bote, que no sería en menos de tres cuartos de hora, corrió a la joven amiga de su mujer, a quien estimaba como a hija propia y, echándola en cara su tardanza, entre él y el oficial la tomaron en brazos y, valiéndose de la subida del cutter en la cresta de una ola, la dejaron caer en él sobre las espaldas de uno de los remeros. De éstas se deslizó hasta fijarse entre dos de las señoras. Pero tal iba de apretada la infeliz y atemorizada carga que la señora Macdonald no supo que tenía a su amiga junto a sí hasta que algunos minutos después oyó su voz.

Pero ¿cuál había sido la causa de la tardanza de Luisa? Muchos habrá que apenas la crean, aunque les puedo asegurar que no es ficción mía.[4]

Al primer agolpamiento de las señoras hacia el bote, Luisita estaba entre ellas. En tanto que otras entraban, una pobre mujer de un soldado se acercó a nuestra hermana tan llena de terror que parecía iba a perecer con su exceso. Sus lamentos, sus exclamaciones, movieron la compasión de Luisita de tal modo que, sin poder contenerse, le dijo:

—¡Pobrecita, no te aflijas; ponte aquí en mi lugar! En la confusión presente solo se cuentan las personas que han de ir en la primera carga. Yo me esconderé en la carroza, y el cielo te salve de la muerte. Por lo que hace a mí, no la temo.

Diciendo esto, se retiró y, sentada en los escalones de su cámara, sacó un librito que llevaba en la faldriquera y se puso a leer tranquilamente.

Pero, aunque Luisa creía que en el peligro universal nadie se acordaba de ella, su propia modestia la engañaba. Desde el momento que entró en el *Madrás* hasta el instante presente, un joven oficial irlandés, llamado O'Connor, había fijado los ojos en ella, tan encantado con su gracia, su afabilidad y sus talentos que, si la noche lo separaba del objeto de su admiración, su pensamiento no la dejaba un instante. Las atenciones del joven habían sido notadas de todos, a excepción de Luisa, pues, no teniendo vanidad alguna, creía que si

4 La acción de benevolencia heroica que describo se verificó en el navío *Kent*. La señora cuyo hijito fue el primero que se salvó en el *Cambria* (el nombre del bergantín libertador no es fingido), me la contó pocos meses después del acontecimiento. La generosa mujer que se expuso a sacrificar su vida por salvar la de otra que tenía menos valor que ella para esperar tranquilamente la muerte es hermana de la esposa del oficial que publicó en inglés una relación del incendio del navío *Kent*. (N. del A.)

O'Connor se sentaba siempre junto a ella a la mesa era por casualidad y que, si hablaba más con ella que con las otras señoras, era curiosidad nacida de ser ella española.

Sucedió, pues, que en medio del incendio, aunque O'Connor excedió a todos en sus esfuerzos por contenerlo, casi jamás perdió de vista a la hermosa criatura que había encantado su alma entera. La vio, pues, retirarse y dar su puesto a la mujer del soldado y, comprendiendo su generosa intención, dijo lo que pasaba al coronel Macdonald, quien le suplicó (y no fueron menester muchas instancias) que fuese sin tardanza a traerla al bote. El enamorado joven no gastó muchas palabras, pues, tomándola en sus brazos, la puso sobre la cubierta. Luisa, por no hacerse notar, cesó en su resistencia y, dando la mano al oficial, se dejó conducir y echar en el bote, pero no sin susurrar al oído de su libertador:

—Quedo reconocida a usted.

Palabras que se grabaron al punto en el corazón del joven, de tal modo que solo la muerte pudo borrarlas.

No nos detendremos en acabar por menor la horrible pintura de la suerte final del navío *Madrás* y sus habitantes. En la confusión y desorden que se siguió al primer embarque, los cinco botes que quedaban además del cutter se hallaron bien pronto astillados y haciendo tanta agua que solo podrían servir de llevar al fondo a los que aturdidamente se confiaron a ellos.

El fuego se había adelantado tanto hacia popa que, cuando volvió el cutter y un bote del *Cambria*, ya era imposible que se atracasen a la banda. En tal estado nadie podía escapar sin exponer su vida, pues el bote tenía que quedarse a cierta distancia de la popa, y no había otro recurso que el de cabalgar sobre el botalón de mesana y deslizarse por dos cuerdas que los del bote procuraban mantener tirantes. Atáronse las mujeres que quedaban dos a dos o con los niños, y los marineros que no se habían entregado a una embriaguez brutal o a una inacción estúpida las descolgaban poco a poco. Pero las olas tenían el bote en continuo movimiento, apartándolo y acercándolo al navío. Las infelices mujeres y más infelices niños se hallaban frecuentemente sumergidos y, aunque los marineros tiraban de las cuerdas, no lo podían hacer tan pronto que evitasen la sofocación de aquellas personas débiles y fatigadas durante tantas horas de frío, de hambre y de terror. Muchos perecieron en esta tentativa. Cerró en tanto la noche, y los oficiales, viendo que sus servicios eran ya inútiles, trataron de salvarse deslizándose al bote. Varios marineros veteranos se echaron a nado de las ventanas de popa y fueron recogidos por sus compañeros. Para que los pudiesen descubrir si caían al agua, los experimentados de tales peligros se ataron pañuelos blancos a la cabeza, y de este modo se salvaron varios. Pero quedaban aún muchos sobre la cubierta del navío, presentando la imagen más dolorosa de la debilidad humana. Poseídos de terror, no había persuasiones que los moviesen a apresurarse sobre el botalón y echarse al bote. Inmóviles y con ojos desencajados, se quedaban en las garras de la muerte por miedo de la muerte misma.

¡Infeliz el hombre que no se acostumbra desde temprano a mirar la muerte con firmeza! ¡Aun más infelices los que, entregados a una superstición arraigada que espera milagros sin hacer nada de su parte, se entregan a lágrimas y plegarias, bebiendo dos veces las más amargas heces del cáliz de la muerte! Actividad y presencia de ánimo son los verdaderos auxilios que la naturaleza nos ofrece contra los infortunios y riesgos extremados a que está expuesta la vida humana. Por desgracia, la mala educación priva a los más de las ventajas que la recta razón nos ofrece. La superstición, en primer lugar, se apodera de la facultad más expuesta a extravíos, que es la imaginación. Al paso que la llena de pinturas sensibles, le presenta por antídotos los remedios más caprichosos. En vez de enseñar a los jóvenes a avergonzarse de su timidez sin límites y acostumbrarlos a mirar frente a frente el peligro, que es el único modo de aminorarlo, los enseñan a levantar clamores al cielo, como si el Ser Supremo se moviese a fuerza de lágrimas y alaridos. La verdadera religión no aprueba estos absurdos. Ella nos dirige a la fuente eterna del bien, ella nos enseña a poner una confianza racional en Dios, que es el único origen de la raza que nos distingue. Pero, al mismo tiempo, nos dice que Dios manda que pongamos en uso las facultades que nos ha dado, por medio de las cuales el hombre debe combatir con las ciegas fuerzas de la naturaleza visible y no postrarse cobardemente en el momento mismo en que los peligros requieren todos sus mayores esfuerzos para vencerlos. No hay duda que el carácter natural tiene grande influjo sobre la miserable pasión del miedo, pero la persona más tímida por naturaleza, bien dirigida desde los primeros años, puede adquirir un valor reflexivo que, en varios respectos, es superior al valor animal. La imaginación es el domicilio del terror. Si esta facultad toma las riendas, la razón tiene que retirarse, abandonándonos a la suerte. Contra este mal gravísimo no hay otro remedio que el de persuadirse habitualmente de que el temor está en estrecha y continua alianza con el riesgo y acostumbrarse a buscar los auxilios naturales que pueden salvarnos. «Ayúdate y Dios te ayudará» es una máxima que jamás debe olvidarse. Lejos de ser una máxima antirreligiosa, está dictada por la religión más pura, que reconoce en los medios que el Cielo ha puesto en nuestras manos la voluntad de Dios de que los usemos. Pedir medios sobrenaturales, abandonando los que poseemos, es un insulto al Autor de nuestra vida.

Antes de pasar a otra cosa, quiero referir la conducta final de los marineros que, como he dicho anteriormente, se sentaron sobre el almacén de pólvora para sentir menos la muerte que les parecía inevitable. Estos valientes continuaron quietos en su puesto por dos o tres horas, pero, como la explosión tardaba, y la cercanía del *Cambria* les daba algunas esperanzas racionales de vida, de común acuerdo y con el buen humor que casi nunca abandona al buen marinero inglés, se empezaron a desnudar para echarse al agua y nadar hacia el bote, diciendo que, supuesto que la pólvora no se hallaba dispuesta a volarlos, tratarían de ver si el bote haría el favor de recibirlos. Es de notar que estos hombres resueltos escaparon todos con vida.

No así los miserables que, reducidos por el temor a una entera debilidad de alma, se obstinaron en no hacer esfuerzo alguno para dejar el navío. Once horas continuó el fuego devorando varias partes del enorme buque antes de llegar al almacén. A eso de la medianoche, se vieron arder los palos del *Madrás* como antorchas gigantescas que, consumiéndose de un cabo al otro, caían en pedazos encendidos sobre los costados del navío. A las tres de la mañana, la explosión tanto tiempo temida puso término a esta terrible escena. Los que habían conseguido entrar en el *Cambria* la vieron con terror y agradecimiento. Las astillas encendidas, que el impulso de la pólvora hizo subir a una grande altura, fueron causa de que se salvasen once hombres más. Recobrándose algún tanto de su espanto, vieron cerca del navío una balsa que había sido construida para facilitar la entrada a los botes, y se determinaron a prolongar la vida por algunas horas, aunque sin esperanza de recibir socorro. Echáronse al agua y se aferraron a la balsa, logrando al fin colocarse en ella y separarse suficientemente del navío para no perecer en la explosión que esperaban por instantes. Por su buena fortuna, un pequeño buque inglés vio a distancia considerable los fragmentos encendidos, y el capitán, convencido de que un navío se había volado, movido de sentimientos de humanidad, dirigió su curso a aquel punto, por ver si podía salvar algunas vidas. Y así fue. Recogió once infelices a bordo, que, a no ser por él, hubieran perecido de hambre.

Regocijados como debían estar los que se habían acogido al *Cambria*, su alegría se hallaba mezclada con temor y con la aflicción de verse en la mayor miseria. Imagínese cuál sería la situación de seiscientas personas encerradas en un buque pequeño, a más de doscientas millas del punto más cercano de Inglaterra y con provisiones solo para cuarenta o cincuenta. Añádase a esto la gran fatiga que habían sufrido, especialmente las mujeres y niños, en el tránsito del uno al otro buque, medio sumergidos en el agua que casi llenaba los botes, inmóviles los más debajo de los bancos y oprimidos unos contra otros. La bodega del *Cambria* estaba ahora llena de gentes absolutamente estibadas como si fueran sacos de lana. El vapor que exhalaban sus cuerpos y respiraciones salía por la escotilla como una nube. En la cámara, donde diez o doce no se hallarían muy a sus anchas, se habían encerrado treinta señoras. La cubierta estaba como empedrada de hombres, muchos de ellos tan desnudos como cuando se echaron a nado para salvar sus vidas. Aderezar la comida era imposible, y poco menos lo era el distribuirla. El único modo era darla de mano en mano, bien fuese galleta, bien pedazos de carne salada, que los que tenían estómago capaz de ello devoraban cruda. Si el viento hubiera amenazado o mudado de dirección, la suerte de tantos infelices como se habían creído salvados pocas horas antes hubiera sido mucho más horrorosa que la que los amenazó al principio, pues no podían pasar muchos días sin que los acometiese una mortandad terrible en que los vivos no podrían separarse de los muertos. Pero el vendaval continuaba soplando en popa hacia Inglaterra, y el capitán hombre resuelto, desplegó todo el velamen del buque a riesgo de que el viento se llevase los palos y, de este modo, logró entrar en el puerto de Falmouth a las doce y media de la noche del segundo día después de haber recogido a los náufragos.

No se perdió un momento en dar noticia al comandante militar de aquel pequeño puerto. A pesar de la hora intempestiva y del frío excesivo, no solo se pusieron en requisición todos los botes del puerto, sino que, despertados que fueron los habitantes del pueblecito por el ruido indispensable para libertar a más de seiscientos infelices de su horrible mazmorra marina, los más acudieron con el mayor celo a dar la asistencia que cada cual podía. Vestidos de todas hechuras y clases, cobertores, camisas y cuanto podía cubrir y abrigar a los náufragos, todo fue puesto en manos de los que dirigían su desembarco. Pero nadie se distinguió tanto por su benevolencia como los llamados *cuákeros* o, más propiamente, los *amigos*.[5] Esta gente caritativa, no contenta con casi desnu

5   Esta secta comenzó el año 1644 en Inglaterra, bajo el influjo de Jorge Fox, pobre curtidor. Desde el principio se pudo ver que el espíritu distintivo de estos sectarios era el de paz y beneficencia. Pero esto no los libró de tan cruel persecución de parte de los otros protestantes, a lo que contribuyó no poco el entusiasmo que se apoderó de ellos. *Cuaker* quiere decir temblador, nombre que les dieron a causa de la agitación con que hablaban sobre asuntos religiosos. Al cabo, el gobierno inglés conoció que nada tenía que temer de tales gentes, y los dejó en paz. En todos tiempos se han distinguido por su caridad con los menesterosos y la sencillez de sus costumbres y modo de vestir, que frecuentemente toca en exceso y afectación. Pero, a pesar de estos

darse a sí propia para vestir a los infelices que la Providencia había traído a sus puertas, las abrió sin tardanza para alojarlos. Lo mismo hicieron los más de los habitantes a proporción de sus medios. Pero la calamidad era tan grande que, a pesar de todos estos esfuerzos, un gran número de individuos se vieron arruinados. El coronel Macdonald[6] fue uno de los que más perdieron. Iba con grandes esperanzas a la India Oriental, pero esta desgracia se las desvaneció. Aunque no quedaba en entera pobreza, las mercancías que había perdido en el *Madrás* le cargaron de deudas y tuvo que abandonar su viaje por mucho tiempo. Con lágrimas sinceras de una parte y otra, la señora Macdonald y Luisa tuvieron que separarse. Pero la casa del buen Powell estaba pronta a recibir a ésta. En ella tomó asilo entretanto que nos empleábamos otra vez en buscarle acomodo.

---

ligeros defectos, no se puede negar que forman entre sí una sociedad cuyas costumbres pueden servir de modelo. Una de sus reglas es no tomar nunca juramento alguno y no mover pleito a nadie. Las leyes inglesas les conceden el privilegio de que en los tribunales su palabra tenga fuerza de juramento. En el día son elegibles para la Cámara de los Comunes, y uno de sus miembros actuales profesa esta religión. Los *cuakers* son numerosos en los Estados Unidos de América. (N. del A.)

6 Macdonell en el original. (N. del E.)

Capítulo IV

En un país aristocrático en extremo, como lo es Inglaterra, y en donde la aristocracia se funda más en la riqueza presente que en la nobleza antigua, es preciso que exista un gran número de hombres altaneros y ajenos a toda moralidad, quienes, a pesar de la imparcialidad con que en casos graves los juzgan las leyes, encuentran medios de evadirlas a costa de los que a causa de su pobreza solo la desesperación puede hacerlos recurrir a los tribunales. Las leyes inglesas dan medios de defenderse, aunque no sin grandes inconvenientes, de fraudes en materias pecuniarias, pero el justo empeño con que mantienen la libertad personal abre la puerta a una multitud de ataques de parte de los ricos viciosos contra la virtud femenil, especialmente cuando la belleza excita sus deseos y la pobreza les da esperanzas. Sin culpa de los legisladores y solo por la naturaleza de las leyes, que no alcanza a estorbar los delitos, los malvados pueden usar de su libertad personal hasta que se han hecho culpables, causando una ruina que todo el valor del mundo no puede reparar y que la ley fríamente compensa con cierto número de libras esterlinas.

Todas las capitales de Europa abundan en vicios, pero ninguna llega en este punto a Londres y a París. En París el vicio no usa máscara ni velo. Lo que el dinero puede comprar se halla públicamente expuesto en venta. La modestia se abochorna, pero, al cabo, solo tiene que volver a otra parte la cara. En Londres hay mucha más decencia aparente, pero, aunque esto da contento al clero, que supone que su influjo es poderoso sobre las costumbres, el vicio se concentra mucho más que en Francia y hace más estragos en secreto que si se mostrara a cara descubierta. Hay allí un disimulo de cierta calidad, que apenas puede llamarse hipocresía puesto que no toma la capa de la santidad. Su máscara consiste en la observancia de ciertas formalidades, en un rostro serio en presencia de gentes graves al mismo tiempo que se están riendo de ellas en su interior. El nombre más a propósito que se le puede dar es el *sçavoir faire* francés. Por supuesto que este disimulo tiene una variedad infinita de grados y se halla más o menos acompañado de más o menos malicia y atrevimiento. Pero lo que en todas sus variedades le da el carácter inglés es el plan y regularidad con que se pone en obra. En una sociedad mercantil no hay cosa que no tome el tono de *negocio*. El espíritu de especulación se mezcla en todo. Usando el lenguaje de los economistas, diré que para cuantas cosas se encuentran compradores para otras tantas hay un mercado en que los proveedores encuentran su ganancia. Como el objeto de estas memorias es dar a conocer estos países en varios puntos que los viajeros descuidan, introduciré aquí ciertos ejemplos de este espíritu mercantil, que emplea orden y sistema en todo, hasta en los objetos más odiosos.

El tráfico en la prostitución es, por desgracia, tan común en todas partes del mundo que no se puede citar como cosa singular, por mucho que sea su exceso en los países ingleses. En el discurso de lo que tengo que contar, se presentará ocasión de hacer ver con cuánta regularidad y artificio se conduce aquí este infame tráfico cuando ricos y nobles se interesan particularmente en tales mercancías. Pero ¿quién creyera que la mendicidad es objeto de especulación para ciertos capitalistas? En prueba de ello recórranse los papeles y diarios de cosa de veinte o más años ha. Mi conocimiento de Londres por aquellos tiempos me había sugerido la sospecha de que la mendicidad de la capital estaba organizada. El mal creció hasta el punto de fijar la atención de personas de poder y actividad, quienes trataron de formar *Mendicity Societies*, sociedades antimendicantes que existen en muchas partes del reino y han merecido bien del público. Mas apenas se anunció la formación de la Sociedad Metropolitana cuando un cierto número de diarios se declararon furiosos enemigos de la nueva asociación. Los que saben el modo y manejo de los más de los periódicos no pueden dudar que los artículos en favor de la mendicidad fueron escritos por personas bien pagadas y que el precio de su inserción no sería corto. Como la Sociedad Antimendicante tenía que emplear comisionados (pues en aquel tiempo Londres carecía de policía) para ir en pos de los mendigos impidiéndoles molestar a las gentes, los mantenedores del tráfico en limosnas procuraron en varias ocasiones formar causa a estos alguaciles ante los magistrados como perturbadores de la libertad individual, y pagaron las costas de estos procesos. Pero viendo al fin que su empeño en mantener el sistema abominable de la mendicidad organizada no hallaba favor en el público a pesar de los varios coloridos con que trataban de mover la compasión y el celo de la libertad personal, cesaron en su oposición, aplicando sus fondos y su malvada industria a algún otro género de vil comercio.

¿Quién imaginaría que los piamonteses que pasean, no solo las calles de Londres, sino las de todos los pueblos principales de Inglaterra, de Escocia y de Irlanda, ora con órganos de mano, ora con monos, ora con ratones blancos, y que son ordinariamente muchachos, eran objeto de comercio para ciertos capitalistas oscuros? Yo lo adiviné mucho antes que apareciesen las pruebas jurídicas, porque, penetrado de la verdad del hecho de que el favor de la ganancia y la ausencia de todo principio moral cuando se trata de hacer dinero, dirigen la conducta de una clase numerosísima de ingleses, no tuve mucho que discurrir para convencerme de que estos especuladores tenían parte en lo que aquellos pobres extranjeros obtienen de la compasión de las gentes.

Poco tiempo después de que esto me ocurriese, o puede ser un poco antes (pues poco importan las fechas), apareció en Londres una multitud de mujeres alemanas vendiendo unas escobillas de madera, escoba y palo todo en una pieza. Hácenlas estas pobres mujeres de la blanda madera del saúco bien remojada, cortando con un cuchillejo afilado una cantidad considerable de virutas que, rizándose como si fuesen hechas a cepillo, vueltas hacia abajo sin separarlas, cubriendo el cabo inferior del palo, sirven de sacudidores en las casas. La novedad de la mercancía y la extrañeza del vestido de estas mujeres, que, de por sí, son en extremo feas y mal formadas, movieron a las gentes a comprar un gran número de escobillas. Aumentábase cada día el número de las infelices manufactoras, pero las más creían que las ganancias, pocas o muchas, eran para ellas. Pero el misterio de estas aves de paso se aclaró no mucho después. Los papeles anunciaron que, en cierto día, una de estas mujeres se presentó al Lord Mayor de Londres quejándose de que un inglés, cuyo nombre comunicó, se había ajustado con ella y otras paisanas (son por lo general sajonas) ofreciéndoles mantenerlas para que hiciesen escobas, y dándoles un tanto al día a proporción de las que vendiesen. Pero el villano, al punto que las vio en su poder desamparadas, las encerró en una especie de corral donde las obligaba a trabajar sin descanso y casi las mataba de hambre. No me acuerdo qué remedio aplicó a este abuso el Lord Mayor, pero, en todo caso, el haberse descubierto fue una ventaja, porque algunas de las pocas gentes que piensan dejarían de patrocinar tan grande villanía. No comprendo estas malditas escobas que tanto mal causaban. Por algún tiempo no se observó mejora alguna, antes por el contrario el número de estas mujeres se aumentó, y, lo que es más, muchas de ellas eran jóvenes no mal parecidas, aunque bastas. De donde se infiere que los capitalistas contaban con aumento de ganancias por medio de la prostitución de estas muchachas. Al presente no puedo decir el estado de este infame comercio, pero me parece que la estúpida compasión que lo protegía con sus limosnas se había cansado. La novedad pasa en tales casos, y el público que, movido de ella, se creyó humano y compasivo se halla pronto indiferente y disgustado, obligando a los infames que se mantienen en la corrupción y el engaño a buscar nuevos medios de embaucarlo y sacarle el dinero.

Pero entre estos tráficos inicuos ninguno llega al que se descubrió algunos años ha, ocasionado sin duda por el espíritu supersticioso de los legistas y legisladores ingleses en cuanto toca a costumbres y leyes antiguas. Las leyes más bárbaras, hijas de la ignorancia más grosera, se conservaban en vigor pocos años ha y se conservan aún solo por medio de la *innovación*. Lo más extraño es que Inglaterra ha hecho, en varios tiempos, las innovaciones más completas e instantáneas en su constitución y en la religión nacional. La *Reforma* en tiempo de Enrique VIII fue de este género. Pero, no obstante que la creencia del pueblo y la organización de la iglesia se hallaron transformadas en un abrir y cerrar de ojos, los tribunales eclesiásticos que derivaban sus leyes y costumbres de la religión católica se quedaron como estaban y así continúan hasta el día de hoy. ¿Quién creyera que en la Inglaterra protestante se usa la excomunión como apremio para el pago de costas y por castigo de desobediencia al tribunal que la impone? Esta censura eclesiástica se halla en poder de jueces legos y se aplica a delitos imaginarios que nada tienen que ver con la conciencia. En mi tiempo se ha aplicado la sentencia de excomunión a un judío, sin tener en cuenta que los de su religión nunca han tenido comunión con la iglesia. No pasa año sin que se verifiquen varios casos de opresión y tiranía de parte de estos odiosos tribunales, pero, a pesar de las reclamaciones poderosas que se hacen al Parlamento y al público, el abuso continúa y continuará por muchos años, basta que una vez haya tomado la forma de ley. Parte de esta obstinación procede del carácter inglés, de la arrogancia con que mira cuanto le pertenece y de la repugnancia con que se somete a confesar que los legisladores de otros tiempos se engañaron. Parte (es preciso confesarlo) de que las clases en cuyas manos está la formación de las leyes no sufren la opresión de las penas que existen. Si los miembros del Parlamento temiesen la menor molestia de parte de las leyes que necesitan reforma, no pasaría tal vez un año sin que fuesen abrogadas. Si por otro lado la opresión que tales leyes ejercen fuese tan extensa que causase un clamor público, la reforma se haría, aunque más lentamente. Pero el que media docena de individuos no muy notables o más bien oscuros se pudran poco a poco en una cárcel por satisfacer a una ley que existe solo porque en la prisa y confusión de la Reforma no hubo tiempo de mudarla según pedían las circunstancias a nadie importa.

Pero volviendo a lo que se ha insinuado solamente acerca de un caso horrendo ocasionado por la especie de afición que los ingleses tienen a las preocupaciones antiguas, han de saber los lectores españoles que hace pocos años que las leyes criminales de este país hacían consistir parte del castigo del asesino u homicida en ser entregado después de muerto a los cirujanos, a fin de que estudiasen en él anatomía. Sería seguramente difícil encontrar una ley más fundada en ignorancia y superstición que la dicha, pues supone que el ser anatomizado después de muerto es una indignidad que solo un gran malhechor merece. Y ¿cuál debía ser el efecto de tal ley en la opinión del pueblo? El de llenar las gentes de horror contra los hospitales y los cirujanos. Los establecimientos más benéficos y caritativos para el restablecimiento de la salud en los pobres se veían frecuentemente atacados por un tumulto popular que venía a mano armada a apoderarse del cuerpo de alguno cuyos parientes habían movido su furia. En tales circunstancias, era en extremo difícil mantener escuelas de anatomía práctica. Yo puedo atestiguar los peligros y dificultades que los cirujanos tenían que sufrir, porque, siendo muy aficionado al estudio de anatomía y fisiología, hice poner mi nombre en la lista de los estudiantes de un curso completo de estas dos ciencias, cabalmente en el tiempo en que era más difícil que nunca obtener cuerpos para anatomizarlos. Presidía en la escuela a que me agregué uno de los hombres más hábiles y expertos de Inglaterra, con quien, habiendo contraído amistad, solía yo tener largas conversaciones sobre asuntos relativos a la facultad que él profesaba. Habiéndome dicho que cada cuerpo que yo veía en la escuela costaba 14 guineas (cosa de 1.400 reales), no puede menos de preguntarle cómo se manejaba este extraño ramo de comercio, a lo cual me respondió que había en Londres un cierto *caballero* (¿cómo sería posible darle otro nombre cuando trataba con muchas gentes principales y vivía como ellas?) que mantenía una multitud de hombres llamados por el pueblo *resucitadores*. Éstos averiguaban en Londres, en Dublín, en Edimburgo y por muchas millas alrededor de estas capitales quiénes, entre la gente pobre, estaban muriéndose. Descubrían además en qué parte de los cementerios rurales habían sido enterrados, y daban parte a sus compañeros de lo que sabían, ajustando con ellos en qué noche habían de robar el cuerpo. Salían, pues, en un carro tirado de un solo caballo y, en las noches más oscuras y tormentosas, se dirigían a la huesa. Con la mayor actividad y silencio, removían el montón de tierra que sobresale del nivel del suelo cuando un cuerpo se ha enterrado recientemente; cavaban hasta encontrar con la caja y con el cuerpo y la depositaban en el carro. Con no menos silencio y destreza, volvían a llenar la fosa cubriéndola con el césped que los enterradores dejan sobre ella, y, si por fortuna no eran descubiertos, se internaban a los arrabales de la capital donde tenían sus escondrijos. Este empleo estaba expuesto a no ligeros riesgos. En Escocia, donde ciertas ideas tienen raíces más profundas que en Inglaterra, varias gentes del pueblo se habían unido para guardar los cementerios, y, como a pesar de la superior moralidad de que los escoceses se glorian, no escrupulizan quitar la vida a un hombre por conservar un cuerpo muerto, los resucitadores estaban cada noche expuestos a descargas de las armas de fuego con que los *piadosos* guardas iban armados. A pesar de todos estos riesgos, la ganancia del tráfico en cuerpos muertos era tan considerable que los cirujanos estaban seguros, no solo de tenerlos cuando los necesitaban, sino también de tener la clase de cadáveres que querían. Yo me acuerdo que durante el curso de que he hablado, cuando llegamos a tratar de los nervios, el profesor nos dijo que sería mejor entretenerse algunos días en el estudio de otras partes del cuerpo, hasta que sus resucitadores nos procurasen el cadáver de un negro, pues los de este color tienen nervios más gruesos y visibles que los blancos. Del mismo modo se podía obtener hombre, mujer o niño.

Cuando me hube impuesto en el sistema mercantil de las sepulturas y consideré las grandes dificultades con que los magistrados de Policía (clase que entonces, más que ahora, quería por lo general adular al pueblo) impedían los desenterramientos, pregunté a mi amigo el profesor de anatomía si había alguna vez sospechado que varios cadáveres podían ser de personas a quienes se había quitado la vida con el objeto de vender el cuerpo muerto. Mi pregunta pareció sorprender a mi amigo, quien me respondió que no tenía razón para sospechar lo que yo decía. Mas la razón era evidente. Considérese que no hay ladrón que por 14 guineas no quitase la vida a otra persona, con tal que lo pudiese hacer con mucha probabilidad de no ser descubierto. Ahora bien, en ningún caso de homicidio podía el encubrimiento ser más fácil que en el que se hiciese con la intención de vender el cuerpo a los cirujanos. Lo único que se requería era dejar el cuerpo sin lesión visible y tenerlo enterrado algunos días. ¿Cómo sería posible que esta facilidad de ganar dinero se ocultase a la perspicacia de la multitud de hombres feroces y enteramente perdidos que hay en estos reinos? Los hechos más horrorosos vinieron pronto a confirmar lo acertado de mis conjeturas. El crimen se manifestó primero donde la dificultad de procurar cadáveres era más grande; quiero decir en Escocia. Un villano, o más bien diablo en carne humana, llamado Barke, fue descubierto con sus cómplices. El método de la caza de hombres que tenían era éste: si encontraban, como era fácil, un pobre viejo o vieja que, sin parientes y con poquísimos conocidos, mendigaba en los contornos, procuraban atraerlo con buenas palabras y, cuando veían ocasión oportuna, lo convidaban a tomar abrigo de la inclemencia del cielo en la casa oscura y retirada en que Barke vivía con sus infames compañeros. Dábanle de cenar en más abundancia que la que acostumbraban los infelices y, en conclusión, convidaban la víctima a beber un vaso de aguardiente y agua, azucarado, caliente y preparado con una gran cantidad de opio. El efecto de tal brebaje en un estómago debilitado con la falta diaria de alimento suficiente era tal que en media hora estaba insensible. En este estado, o lo sumergían en un pozo donde en uno o dos minutos moría de sofocación, o le cubrían la boca y las narices con un emplasto de trementina, lo cual producía el mismo efecto, y cubrían el cadáver después con tierra por ocho o diez días, y así lo llevaban a los cirujanos. No es del presente caso decir cómo fueron descubiertos estos monstruos. En Londres la causa del descubrimiento fue un infeliz muchacho piamontés, de los que pasean aquella capital con órganos, ratones blancos y monos. Uno de los cazadores de hombres lo convidó a su casa y en pocas horas lo preparó para el mercado. Otro muchacho, paisano del muchacho muerto, le echó de menos y aumentó los recelos de los que le prestaban los medios de atraer la atención de los caritativos. Entre tanto, los asesinos habían propuesto la compra de un cadáver no adulto a los maestros de anatomía de uno de los hospitales de Londres, quienes, combinando el rumor de la desaparición del piamontés con la propuesta de un cadáver pequeño, dieron noticia a los magistrados. De este modo se descubrió la guarida de los tigres en forma humana, que, poco después, fueron ahorcados entre las maldiciones y oprobios de la multitud que fue a saciar los ojos en su suplicio.

Amigo lector, bien podrás preguntarme a qué región del mundo intelectual te he conducido inesperadamente. A decirte verdad, apenas lo sé yo. Solo tengo cierta idea de que nuestra huérfana española se encontró en circunstancias que apenas se podrían concebir por quien no estuviese enterado en las de esta gran nación, donde la civilización y el vicio han crecido casi al mismo paso, donde el dinero es omnipotente porque la sed del dinero es universal e insaciable. Si esto fuere a tu parecer bastante excusa para esta digresión, pasemos adelante en amistosa compañía; si no lo fuere, di lo que quisieres contra mí, pero no deseches el libro sin leer un poquito más.

Capítulo V

Era la estación de la primavera inglesa, prima hermana del invierno y tan enamorada de él que parece determinada a no separarse de su lado, cuando un cierto lord irlandés, poseedor de 50.000 libras esterlinas de renta anual (5 millones de reales), cansado de hacer mal en su propia tierra, vino a Londres para gozar cuantos placeres le podían comprar sus inmensas riquezas. Exhausto de cuerpo y alma, hubiera dado la mitad de sus posesiones a quien le proporcionase un nuevo placer. Pero de tal modo se había apresurado a saciar sus deseos que el mundo entero no contenía un solo objeto que los pudiese excitar sin mezcla de disgusto. Jamás se verificó tan a la letra la profunda observación del gran poeta latino:

> De en medio el manantial de los primores
> Sube una cierta vena de amargura
> Que nos angustia aun en las mismas flores.
> ....*Medio de fonte leporum.*
> *Surgit amari aliquid, quod in ipsis floribus*
> *angit.*
> (Luent.)

A pesar de esto, nuestro lord, que apenas frisaba en los cuarenta, era uno de los hombres más apuestos que paseaban en Londres. Alto y bien proporcionado, de un color que se acercaba al trigueño de España, ojos negros y expresivos, cabello negro naturalmente rizado, voz halagüeña y modales refinados por la cultura social. Lord Ford era el encanto de las damas. Pero, no obstante todas las artes de la coquetería con que procuraban atraerlo, lo más que lograban era que se entretuviese con ellas dando ocasión de celos violentos a media docena de marquesas y condesas por semana. Las pasiones de Lord Ford estaban demasiado saciadas de gracias artificiales y necesitaban pábulo más delicado que el que le brindaban estas hermosuras de moda. Cual los sultanes de Oriente, necesitaba Lord Ford de una perpetua sucesión de atractivos no marchitados, de rosas medio abiertas que, aunque la dan a entender, no enseñan la hermosura que sus tiernas y encapulladas hojas envuelven. Si una belleza en su apogeo hubiera podido satisfacerle, su propia mujer, lady Ford, habría fijado su inconstancia y hécholo feliz en su propia casa. Esta desgraciada señora, dotada de cuantos dones suele la naturaleza acumular en sus favoritas de Irlanda, vivía abandonada en la mansión magnífica de su marido; no digo bien *abandonada*, antes debiera decir insultada, porque tenía que ver cada día el deshonor con que la trataba su marido. Lady Ford, aunque rica y noble, no tenía parientes cercanos que la protegiesen y, siendo por naturaleza sensible y tímida, jamás pudo determinarse a poner su causa en manos de abogados para conseguir una separación. Deteníanla, por otra parte, dos hijas, fruto, no del amor, sino del capricho de su marido. Eran éstas aún muy jóvenes: la mayor tenía quince años. Con ellas vivía lady Ford retirada a unos aposentos que daban sobre el grandioso parque de su mansión. Pero ni aún en este bosque retirado podían las infelices gozar de paseos solitarios, a no ser en la ausencia del infiel marido y padre. Cuando estaba en casa, el bosque se hallaba muchas veces frecuentado por ninfas de una clase que hubiera avergonzado a las mismas Bacantes. Todo era disolución y desorden cuando el lord estaba en casa. Sus amigos eran dignos de él. Los criados seguían el ejemplo de los amos. La modesta matrona, la madre de aquella familia, apenas se hallaba segura en sus retirados aposentos, siempre temblando que los inocentes ojos y oídos de sus dos niñas viesen y oyesen lo que pasaba en casa.

A este tiempo el mal había llegado a su colmo. Lord Ford había determinado hacer a su propia mujer cómplice de sus villanías. Con este objeto se hallaba en Londres, pero sin manifestarse al gran mundo. Con un solo criado, su favorito y confidente, había pasado algunos días en una casa retirada del bullicio, donde mantenía a una de sus infelices víctimas, a quien, según su costumbre, empleaba en este tiempo no como objeto sino como instrumento de sus placeres. En esta casa se celebraban las orgías más disolutas. A esta casa venían las tiernas víctimas que las riquezas de su dueño procuraban por los medios más odiosos.

Al anochecer de un día que el lord había empleado con tres o cuatro de sus compañeros en jugar a los naipes, salió sin compañía y se dirigió a una escuela o *Establecimiento para señoritas* y, habiendo llamado a la puerta, fue admitido sin dilación por una criada bien parecida y apuesta. Lord Ford, que parecía saber de memoria la casa, fue inmediatamente a un *parlour* (palabra que corresponde perfectamente al término monjil *locutorio*), aposento no muy grande, pero muy bien amueblado. A un lado estaba un gran piano horizontal, dos o tres sofás de muy buen gusto y sillas de varias clases, pero correspondientes a los sofás y otomanas, que ocupaban dos lados y daban a la sala un aire de lujo que excedía los límites del famoso *comfort* inglés. En uno de estos sofás estaba medio acostada una mujer bien vestida, de buen porte y como de treinta años. Sus facciones eran delicadas, y se veían en ellas restos de belleza a pesar del destrozo que la melancolía y otras pasiones más violentas habían hecho en la primavera de la vida. Al punto que Lord Ford apareció a la puerta, Miss Melville (así se llamaba la que parecía ser dueña de la casa) se estremeció de pies a cabeza y, llevando las manos a los ojos, hizo ademán de no querer ver a quien entraba.

—¡Monerías! —dijo el Lord, con aire despreciativo—. ¿A qué vienen esas sandeces?

Y, tomándole la mano derecha, hizo como que iba a besarle la cara.

—¡Insolente, traidor! ¡Quieres añadir el insulto a la crueldad!

—¡Vamos! —dijo el Lord sonriéndose—. El genio trágico te ha visitado esta tarde, pero yo no tengo tiempo para esta clase de escenas. ¿Cómo va mi negocio? ¿Se adelanta algo?

—¡Bárbaro, infame! —replicó Miss Melville, con ojos centelleantes de furia—. ¡Después de haberme arruinado, quitándome el honor, te atreves a emplearme en el vil oficio de negociadora de tus placeres!

—Bájese usted un poquito, señora. Cuatro puntitos menos de sublimidad parecerían bien en este sitio. Dígame usted, ¿de quién es esta casa que ocupa usted más de un año ha? Tenga usted la bondad de añadir quién pagó las 3.000 libras con que se tapó la boca a Mister Dumpling acerca de su hija. De paso, ¿cómo está la muchacha? Por supuesto que nada ha perdido de su buen parecer y que el dinero susodicho le procurará un buen tendero por marido en un abrir y cerrar de ojos. ¡Ha, ha, ha! ¡Estos benditos maridos son sumamente afortunados en su ignorancia! Pero, vamos, Rosa, dime si mi ayita está pronta a venir a Irlanda. ¿Has visto a la beata que cuida de ella? ¿Por supuesto que te vestiste de negro y tomaste el aire de santidad que tan bien te sienta?

Poco a poco la infeliz sobre quien caían estos insultos mudó de color y, no pudiéndose mantener derecha en su asiento, desplomóse desmayada al otro lado del sofá.

—¡Dengues! —dijo el Lord con aire burlesco.

Pero se engañaba. El desmayo era tan serio que fue preciso tocar la campanilla para que viniese la criada. Con su asistencia se recobró la infeliz, pero su palidez era mortal y, a pesar de la insensibilidad brutal del lord, no tuvo valor para apremiarla más aquella noche. Tomó el sombrero y, encargándole que estuviese de mejor humor la tarde siguiente, dejó la casa con aire de disgustado.

Libros a la carta

A la carta es un servicio especializado para
empresas,
librerías,
bibliotecas,
editoriales
y centros de enseñanza;
y permite confeccionar libros que, por su formato y concepción, sirven a los propósitos más específicos de estas instituciones.

Las empresas nos encargan ediciones personalizadas para marketing editorial o para regalos institucionales. Y los interesados solicitan, a título personal, ediciones antiguas, o no disponibles en el mercado; y las acompañan con notas y comentarios críticos.

Las ediciones tienen como apoyo un libro de estilo con todo tipo de referencias sobre los criterios de tratamiento tipográfico aplicados a nuestros libros que puede ser consultado en Linkgua-ediciones.com.

Linkgua edita por encargo diferentes versiones de una misma obra con distintos tratamientos ortotipográficos (actualizaciones de carácter divulgativo de un clásico, o versiones estrictamente fieles a la edición original de referencia).

Este servicio de ediciones a la carta le permitirá, si usted se dedica a la enseñanza, tener una forma de hacer pública su interpretación de un texto y, sobre una versión digitalizada «base», usted podrá introducir interpretaciones del texto fuente. Es un tópico que los profesores denuncien en clase los desmanes de una edición, o vayan comentando errores de interpretación de un texto y esta es una solución útil a esa necesidad del mundo académico.

Asimismo publicamos de manera sistemática, en un mismo catálogo, tesis doctorales y actas de congresos académicos, que son distribuidas a través de nuestra Web.

El servicio de «libros a la carta» funciona de dos formas.

1. Tenemos un fondo de libros digitalizados que usted puede personalizar en tiradas de al menos cinco ejemplares. Estas personalizaciones pueden ser de todo tipo: añadir notas de clase para uso de un grupo de estudiantes, introducir logos corporativos para uso con fines de marketing empresarial, etc. etc.

2. Buscamos libros descatalogados de otras editoriales y los reeditamos en tiradas cortas a petición de un cliente.

Printed in Poland
by Amazon Fulfillment
Poland Sp. z o.o., Wrocław

69305509R00058